皖韵八记

斯雄，本名朱思雄，湖北洪湖人，1988年毕业于中国人民大学新闻系。以编报纸、办杂志为主业，业余写作散文随笔，兼及时评。曾任人民日报社安徽分社社长，高级编辑。曾获中国新闻奖，被人民网评为"最受网友关注的十大网评人"。

2017年至2021年推出游记散文系列《皖美三部曲》，包括《徽州八记》《江淮八记》《皖韵八记》。另著有《南沙探秘》《游方记》《盛开的紫荆花——一个内地记者眼中的香港》《香港回归十年志（2003年卷）》《平等的目光》等。中央电视台"亲历·见证"栏目为其拍有纪录片《双城故事·爱在他乡》。

皖韵八记

斯雄 著

时代出版传媒股份有限公司
安徽文艺出版社

图书在版编目（CIP）数据

皖韵八记 / 斯雄著 .——合肥：安徽文艺出版社 ,2022.4
ISBN 978-7-5396-7196-3

Ⅰ.①皖… Ⅱ.①斯… Ⅲ.①散文集 – 中国 – 当代
Ⅳ.① I267

中国版本图书馆 CIP 数据核字 (2021) 第 072358 号

皖韵八记
WANYUN BAJI

斯雄 著

出 版 人：姚 巍	
责任编辑：韩 露	装帧设计：马德龙

出版发行：安徽文艺出版社　www.awpub.com
地　　址：合肥市翡翠路 1118 号　邮政编码：230071
营 销 部：(0551)63533889
印　　制：安徽新华印刷股份有限公司　(0551) 65859551

开　　本：880×1230　1/32　印张：5　字数：200 千字
版　　次：2022 年 4 月第 1 版　2022 年 4 月第 1 次印刷
定　　价：48.00 元（精装）

（如发现印装质量问题，影响阅读，请与出版社联系调换）

版权所有，侵权必究

目录

自 序 | 001

五禽戏记 | 002

刚刚迈入2020年,新冠肺炎疫情暴发。一时间,全民抗"疫"。

"绿水青山枉自多,华佗无奈小虫何?"

每一次灾难过后,终归会带来人们生活方式和思想观念的悄然改变。谁都知道,要未病先防、已病防变,可真要坚持不懈地做到,并不容易。但适当调整和摒弃一些不健康的生活方式,应该是需要的。或许我们还应该更加深入地思考:人类到底应该如何尊重自然、顺应自然,以及到底如何做到人与自然和谐共处、万物共生?!

"借问瘟君欲何往,纸船明烛照天烧。"守望并期盼山河无恙、烟火如常的生活,正是当下千千万万人简单而朴素的想法:早日送走"瘟君",拥抱春暖花开。

六尺巷记 | 014

　　古之所谓"终身让畔,不失一段",言"让"之有益无损也。古往今来,尽管礼让故事史不绝书,可互不相让、各争短长,或仗势欺人,乃至暴力相向,此等任性失德情事,似乎并未完全消亡。礼让,始终是人们一如既往、孜孜以求的社会理想。

　　道德,需要外化于行,内化于心。所幸六尺巷的故事至今仍在传扬,它所表达的,正是对礼让精神的推崇和赞赏,更折射出人们对或有缺失的传统道德的期盼与呼唤。

　　如此看来,"让他三尺又何妨"——六尺巷中的这种气魄和境界,依然时时催人警醒,至今仍闪耀着穿越时空的道德光芒。

"七仙女"记 | 024

　　"树上的鸟儿成双对,绿水青山带笑颜……"

　　黄梅戏电影《天仙配》中这段经典对唱,至今仍在大江南北广为传唱,带给人们无尽的喜庆和欢快。

　　可是,七仙女与董永欢快地唱完这一段,后面等着他们的,其实是苦难。

　　前几天,我又忍不住看了一遍严凤英演的电影《天仙配》。我边看边想:如果七仙女的故事,从《卖身》到《满工》,以"夫妻双双把家还"大团圆结束,固然欢欢喜喜很美好,可这种美好甜得让人发腻,反而不真实了。倒不如以《分别》收场,将人生有价值的东西毁灭给人看,"不管天规重重活拆散,我与你天上人间心一条",七仙女的誓言,直面人生的悲喜,有情难自已的愤恨,有欲哭无泪的坚定。

　　这深长的意味,让人心有不甘,却又无力无助,怎么能够释怀和忘怀呢?

　　人世间,那些近乎残忍的悲,往往更动人、更唯美。

八公山记 | 036

　　哀其不幸，怒其失心。即使再有智慧，位高权重时，照样容易迷失心智。春风得意之时，如能保持一份清醒，至为难得，古今同理。

　　前些年，淮南市修一条马路，通到春申君陵园，不知道是有意还是巧合，这条马路被命名为"李园路"。据说当时有人提出，怎么能以一个传说中"坏人"的名字命名一条马路呢？一种解释是：正因为是个"坏人"，以他的名字命名之后，前往八公山拜谒春申君的人们，从此就这样一直把李园踩在脚下了。

　　战国时期的爱恨情仇，居然在2000多年后以如此戏谑的方式了断。这多少让人有点堵得慌，有一种说不出的滋味，最后又不得不释然了。

　　历史的烟云，总是承载着风雨，要廓清其本来面目，谈何容易。人有时候就得认命，还得"信邪"，并不都能以个人意志为转移的。世事虽无常，但善有善报、恶有恶报，不过是迟早之事。这一规律和命定，终归难以打破。

槐林记 | 050

　　"唧唧复唧唧，木兰当户织"。

　　行走在安徽巢湖市槐林镇大汪村中心村里，四面传来此起彼伏、不绝于耳的织机声，不由得让我想起《木兰辞》开头的场景。

　　时移世易，优胜劣汰。不是所有的传统都可以弘扬，该消亡的，终归要消亡，无须刻意去振兴。真要是有生命力，顺乎民意，又能顺应时代潮流，迟早会焕发出活力。

小镇渔网，网撒全球。当地人很自豪：我们槐林好得很，渔网产销24小时不停歇，凌晨都能叫到外卖，是一座真正意义上的"不夜城"。

　　细细想来，《木兰辞》中的诗句，如果放在如今的槐林镇，改为"不闻'女叹息'，惟闻'机杼声'"，应该更为贴切，更加传神。

　　这机杼声，感觉不出"呕哑嘲哳"，更像是老百姓心底里唱出的一曲富民欢歌，让人喜不自胜、热血沸腾。

王家坝记 | 064

　　"上善若水，水善利万物而不争。"水虽"不争"，但人和水争地，一向惨烈，自古不绝。

　　水进人退、水退人进的博弈，在过去是一种常态。现在看来，已经不合时宜、不可持续。在人水共存共生之中，争与不争并不重要，关键是得给出路——既要给水出路，也要给人出路。

　　遥看王家坝闸，如巨龙横卧在蓄洪库上游，确有拒水于千里之势。站在闸的桥面上，虽然脚下洪水仍在咆哮，已然不再感觉那么惊心动魄、提心吊胆了。

　　千百年来，在旱涝更迭中，沿淮人民已经探索出一条治水兴水的发展之路。除险兴利，百姓安居乐业、幸福安康；水"利万物"，浇灌沃土、润泽四方。

　　"浴乎沂，风乎舞雩，咏而归"——古人追求的社会理想，如今已化作活生生且自由自在的美好生活，为淮河儿女所安享。

江淮运河记 | 074

  人类社会发展到今天，面临的诸多新问题，一定有许多是古人想象不到或无须考虑的。一项浩大的工程，讲究"生态优先"，充分照顾到鱼、鸟以及生态环境等等，有时候甚至不得不惜代价、不计成本。这是社会发展带来的问题，也展示了人类社会的发展进步。

  千年梦圆在今朝。引江济淮工程全线竣工之时，生机勃勃的江淮运河将使安徽腹地实现"通江达海"，真正融入"一带一路"合作倡议，便捷对接"长三角"、中部崛起，为人们描绘出一副人与自然和谐共享的经济版图和生态美景——"一河清泉水、一道风景线、一条经济带"。

  运河，从来都像是一条流动的生产线，带给人类的，始终是发展与进步、文明与富足。古往今来，只有那些顺应自然、福泽众生的事，才会世代传扬，并最终为历史所铭记。

天柱山记 | 090

  面对当今世界百年未有之大变局，一切循乎自然，顺其理而应之。无论社会如何震荡、世事如何变幻，坚定信心，增强定力，不畏浮云遮望眼，以静制动，不怒而威，多练内功，兼济天下，乃为政之要、立身之本。"幸能正生，以正众生"，方可达至"唯止能止众止"。

  "中天一柱"的天柱山，历史上也曾几度兴衰、几度沉浮。在岁月的风吹雨打之下，如今，山还是那座山，静静地悄然兀自耸立着，不仅不为所动，而且始终巍然屹立，风貌不减，风华依然。

雾起雾去，可曾想，能不是山河依旧？其实，花开花落，既回首，依旧是万家灯火。

心中默念着"止泓"，回看天柱峰，不免有望峰息心之慨。盘桓山谷泉边，仿佛照见了自己的影子，不知不觉中，真要"坐石上以忘归"了。

附录 | 104

非有老笔　清壮可穷
　　　　——从《徽州八记》到《江淮八记》的人文同构　南埂

投注大地的深情——读《江淮八记》　常河

流淌出的锦绣文章——《江淮八记》读后　吴雪

"言有物"与"言有序"　韩露

后记 | 137

自序 "相看两不厌"的幸运

很多出于偶然的事,一旦做起来,往往更有意思。

写完《皖韵八记》的最后一记,有一种戛然而止、如释重负的痛快与轻松,不禁长舒一口气。

最初写"八记",只是偶尔的一个闪念。随后便有些刹不住车,而且逐渐进入加速度。偶尔的思想火花和人生感悟,大多可遇不可求,倏忽冒出来了,都很难得。三年过去了,现在回头来看,有人有物,有景有情,有思有悟,还有历史与文化,真是风光无限、一路繁花。

从《琅琊山记》起笔,到《天柱山记》收官,凡二十四记。每一记的对象,看重其独特性和唯一性,无论放在哪个层面,都得够一定分量。于是，每每需要选择的时候，就会很纠结，难以取舍。当然，最终的选择也会有一些偶然性，难说就一定是最好最合适的。

一些看似熟悉的事物，真正细究起来会发现，其中的许多，我们其实也只是知其大概，并非完全了解。一位曾在滁州工作过的友人跟我讲，自己早就知道凤阳大明中都城，也曾多次去看过，但直到看了《中都城记》，才对这座"废都"的规制以及那段历史有了清晰系统的了解。不管怎么样，如果有兴趣，那些未知的内容，常常更吸引人，也更容易被记住。

那些附着于景与物身上的文化内涵，那些隐藏在景与物背后的历史烟云，或精深壮阔，或波诡云谲，或莫衷一是，或惊心动魄。鉴于资料的零散琐碎，囿于学养的力有不逮，我只能尽可能地做些力所能及的梳理，尽量摒弃似是而非的东西，既要简洁明了，还得通俗易懂。反复辨析斟酌，是要下些苦功夫的。写作期间，在这方面耗费的精力尤其多，经常为一个小的细节，长时间不能拨云见日。不过，穿行其间，沉迷浸润，常能自得其乐，也乐在其中。

历史是由人来写的，主观因素难以避免。司马迁写《史记》，虽为"史家之绝唱"，也只能依据当时现有的史料，根据自己的理解，还不得不顾及自身所处的社会环境。写《八公山记》的时候，涉及春申君及楚晚期的历史，现在看来司马迁的相关记述，不一定完全准确，所以在转述的时候，话不敢说满了；至于淮南王刘安，与司马迁差不多同时代。《史记》的记载中是否暗藏曲笔，亦未可知，不敢尽信。当然，对于那些素来争议不断、见仁见智甚至争执不下的内容，如果去触碰，稍不留神就会陷进某个旋涡之中。我不在这个行内，不能不知深浅，所以一向不愿意参与进去，顶多言明存疑，或者干脆刻意回避。毕竟是非虚构写作，"五禽戏"的源头到底在哪里，一个外行岂敢轻易下结论？"六尺巷"中纠纷一方的吴家是何状况？与张廷玉一家是何关系？正史中未见记载，我只能"不知为不知"了。

  人是活在现实中的。文章不与现实结合，注定行之不远。一个人来到世上，一切皆是偶然，无论时间、地点、家庭，自己都无法选择，也无法改变。是生不逢时，还是生逢其时，都只能跟着时代奔走。回望过往，放眼未来，自然必不可少，但脱离现实生活的议论，乃无源之水、无本之木，只会是不着边际的空谈。着眼当下，直面现实，赞美人类创造的智慧和力量，是写作永恒的主题。这些题材和笔锋，从《槐林记》《王家坝记》

《江淮运河记》中，当可窥见一些端倪。

每每寻访遗迹、翻看方志史料的时候，我总不免感叹古人的了不起。从凌家滩玉人的穿靴戴帽佩戴首饰，到精致玉勺的礼仪，从寿县博物馆战国时期青铜铸造的"鄂君启金节"，到明中都城的都城建设规制，很多都指向了先秦，甚或更早。那个时候的人类社会到底是个什么状态？至今仍然面目不清。但有一点可以肯定，那就是一定曾有高度发达灿烂的文明，文化应该达到了某种繁荣。要不然，几千年前怎么会有那么多完备且科学的规范和规制流传下来，很多至今仍是一些行业、领域的遵循呢？

真正能够永久流传下来的，唯有文化。无论人与物，无论是在典籍里还是文物中，在岁月的荡涤之下，真正有生命力的，是文化；没有文化的附着，只会灰飞烟灭，荡然无存。即使存在，也不会有多大价值。

几年前，有人拿来几把有些年头的紫砂壶，让我帮忙找人鉴定一下。专家看后确定，应该是民国时期的，很一般的紫砂壶，不值钱。我问："不是也有些年头了吗？"

"不管年头有多久远，垃圾永远是垃圾。"

话虽然说得不怎么中听，道出的却是真理。当时就把我给镇住了。

生产和生活中伴生的垃圾，都会被处理掉。那些不会带来次生灾害的，也就自生自灭了。不生产或者少生产垃圾，一直是人类一种不变的追求。但要完全做到，其实很难。有时候甚至自觉不自觉地在生产垃圾，这就很可怕。

仅仅是几十年的工夫，虽然经历了一些起起伏伏，但我们还是迎来了好日子。如今，物质生活是极大地丰富了，人们可尽情享受。但口腹之欲，何穷之有？人类真正崇尚的，最终都是回归极简的生活。即使是享受生活，也得讲究品质，要有文化，最好还能有所创造，而不是消费完了就完了，尤其是要避免生产垃圾。

我时常在想，百年甚至更长时间之后，未来的人们会如何看待我们现在所处的当下？我们给未来到底留下些什么呢？

每每纠结于此，总是思虑多多。临末了，也没怎么想明白。

静下心来，细细想想：还是摆脱现实的浮躁与功利，多做一点自己喜欢、既有意义又有意思的事吧。

在突发的新冠肺炎疫情笼罩之下，庚子年眼看就要过去了。然不困厄，恶能激乎？无论遇到多大的艰难险阻，相信日子只会一天比一天美，心情也会一天比一天好起来。

掩卷之际，忽然想到李白游走皖南时写下的"相看两不厌，只有敬亭山"，"传独坐之神"，让我艳羡不已。在安徽，这两句诗现在经常被搞笑地改编为"相看两不厌，只有斜对面"。随物赋形，人与山尚且能对上眼，说明确实有物我两忘、身心俱悦的欢喜。

其实，无论人与人、与景、与物乃至社会，能达到"相看两不厌"的境界，不能不说是一种难得的幸运。

2020年11月9日于合肥

皖韵八记

五禽戏记

刚刚迈入2020年，新冠肺炎疫情暴发。一时间，全民抗"疫"。

"绿水青山枉自多，华佗无奈小虫何？"

这些日子里，毛泽东主席《七律二首·送瘟神》中的这两句诗，始终萦绕在我的心头。

忽然有一天，网上疯传一个小视频：湖北武汉市汉阳体校方舱医院里，长时间待在医院快憋坏了的患者与医护人员，在安徽亳州市中医院肺病科主治医师张轶群的带领下，习练五禽戏。

视频瞬间引发网友热议，也让我眼前一亮。

五禽戏，为东汉末年"神医"华佗创编，其起源可上溯至先秦。华佗精研岐黄，兼通数经。他创编并推广的五禽戏，包括虎戏、鹿戏、熊戏、猿戏、鸟戏，模仿五种动物的神态与动作，展现虎之威猛、鹿之安舒、熊之沉稳、猿之灵巧和鸟之轻捷，形成一套功法，看似嬉戏玩耍，却能强身健体，提高人体免疫力，收防病治病之功效。

有关华佗创编五禽戏的记载，最早见于西晋时陈寿的《三国志·华佗传》："吾有一术，名五禽之戏：一曰虎，二曰鹿，三曰熊，四曰猿，五曰鸟。亦以除疾，兼利蹄足，以当导引。"相传华佗弟子吴普因坚持练习五禽戏，"年九十余，耳目聪明，齿牙完坚"。现代医学研究证明，华佗五禽戏不仅可以使人体的肌肉和关节得以舒展，而且有益于提高肺与心脏功能，改善心肌供氧量，提高心肌排血力，促进组织器官正常发育。

我想到了老朋友——安徽亳州的华佗五禽戏第58代传人、第十三届全国人大代表陈静，于是给她打电话请教。

原来，张轶群是安徽省第五批支援湖北的医生之一，主治呼吸系统及内分泌系统常见病多发病，如慢性阻塞性肺疾病、肺部感染等。张医生在方舱医院教给患者的，正是亳州市中医院在五禽戏鸟戏的基础上改编而来的"护肺操",能帮助疏通肺经气血,增强肺活量,疏通经络,提高心肺功能,促进患者早日康复。因为五禽戏有这个"硬核"功能,张轶群抵达方舱医

陈静习练五禽戏　亳州市养生华佗五禽戏俱乐部　提供

院后做的第一件事,就是将五禽戏功法传授给医生和护士,医护人员学会之后再分头传授给患者。

　　陈静在电话中告诉我,五禽戏中的鸟戏主肺,习练"护肺操",以上肢运动带来全身运动,主要刺激的是肺经和大肠经等,能起到疏通肺经气血,提升肺脏呼吸力的功能,缓解胸闷气短、鼻塞流涕等症状。

陈静习练五禽戏　亳州市养生华佗五禽戏俱乐部　提供

"既然如此切中新冠肺炎要害,那赶紧多多鼓励推广,习练鸟戏呗。"听陈静这么一说,我为之一振。

"人体是统一的整体,五脏相辅相成,中医讲究阴阳、五行、藏象、经络、气血运行相结合。五禽戏中的每一戏各有侧重:虎戏主肝,鹿戏主肾,熊戏主脾,猿戏主心,鸟戏主肺。五禽戏中任何一戏的演练,既能主治对应脏腑的疾患,又能兼治其他各脏腑的疾病。"陈静说,具体到这次新冠肺炎,属于呼吸系统疾病,诊治和预防重点是提高肺功能。肺和其他脏腑的关系是互为因果的,单练鸟戏亦可,五戏全套更好。

华夏民族骨子里对中医药总有一种不可割舍的情结,对它的神奇,始终抱有一种难以言说的迷信。

五禽戏能在中国民间如此长时间广泛流传,自有其过人之处。作为中华古老文明孕育出的治病养生、健身健体方式,五禽戏目前仍然是中医防病治病的一种有效手段。

早在1982年,当时的卫生部、教育部和国家体委就已发出通知,将华佗五禽戏等中国传统健身法作

陈静(中)习练五禽戏 刘勤利 摄

为在医学类大学中推广的"保健体育课"的内容之一。2003年,中国国家体育总局把重新编排后的五禽戏等健身法作为"健身气功·五禽戏"的内容向全国推广。随后其又被文化部批准为"公共文化体系建设项目",2011年被国务院命名为第三批国家级非物质文化遗产项目。

2019年夏天,我专程去亳州看了五禽戏第58代传人、亳州市华佗五禽戏协会主席周金钟的几场五禽戏练习表演。现场看下来,总感觉很多动作要领难度不小，要做到位，练习者可能还需要具备一定的身体素质。

"会不会因为动作难度太大，一些人担心做不了？"我问。

"南北朝时期的陶弘景就已经提出了五禽戏的锻炼原则——'任力为之，以汗出为度'。"陈静说，"针对不同的年龄段和身体条件，我们现在已创编了几套简化的五禽戏，供练习者选择。"

练习五禽戏，与练习太极拳相似，要注意全身放松，意守丹田，呼吸均匀，除了动作到位外，神态模仿更是其精髓所在。虎戏要目光炯炯，摇头摆尾，表现出出洞、扑按、搏斗之神态，刚劲有力；鸟戏要仿其昂然挺拔，悠然自得，表现出亮翅、飞翔、落雁、独立之神态。同时要将肢体运动与呼吸吐纳有机结合，如此才能达到外动内静、动中求静、动静俱备、有刚有柔、刚柔相济、内外兼练的状态。

疫情刚发生，亳州就将五禽戏引进到新冠肺炎定点收治医院，成为当地中西医结合、中西药并用治疗新冠肺炎患者的一大特色。中医专家选取鸟戏的飞鹤展翅、白鹤飞翔和五禽戏收式三个动作,配合呼吸吐纳,打通三焦、锻炼心肺,让患者每天上下午各习练10—15分钟,促进患者肺功能康复,功效明显。

亳州市委的领导告诉我,作为华佗的家乡,亳州在传承、推广五禽戏上,一直很用心、很努力。现在亳州习练五禽戏的爱好者有百万人。为满足疫情防控期间居家健身需求,亳州市文化旅游体育局已专门组织拍摄校园五禽戏教学视频小学版、初中版、高中版,供居家学生网上远程练习。

在疾病面前,人类其实是很脆弱的。真要直面生死的时候,人的想法反而会变得简单了。首要的当然是活下去,进而肯定也会想到:早该未雨绸缪,防患于未然啊!

其实,中医早就强调"治未病"的重要性。《黄帝内经》中的《素问·四气调神大论》云:"是故圣人不治已病治未病,不治已乱治未乱,此之谓也。夫病已成而后药之,乱已成而后治之,譬犹渴而穿井,斗而铸

陈静习练五禽戏 刘勤利 摄

锥,不亦晚乎?"

亡羊补牢,有时候也是需要的,甚至是必需的。如今,疫情已来,而且前所未有,完全超出人们的想象。对于新冠肺炎病毒的来源、基因组合、传播方式,以及诊治"已病"的有效方法，全球都在开展艰难有序的探索。

多少个日日夜夜，多少人夜难成寐。从2003年的"非典"到这一次2019年发现的新冠肺炎，病魔一再来袭，一再催我们警醒。

每一次灾难过后，终归会带来人们生活方式和思想观念的悄然改变。谁都知道，要未病先防、已病防变，可真要坚持不懈地做到，并不容易。但适当调整和摒弃一些不健康的生活方式，应该是需要的。或许我们还应该更加深入地思考：人类到底应该如何尊重自然、顺应自然，以及到底如何做到人与自然和谐共处、万物共生？！

回想起来，去年就已和陈静约好，请她到合肥来教授五禽戏，可叹一直未能成行。我这次在电话里再次发出邀请，待疫情结束，期待有更多的人操练起来。

众志成城之下，便没有过不去的坎儿。

"借问瘟君欲何往，纸船明烛照天烧。"守望并期盼山河无恙、烟火如常的生活，正是当下千千万万人简单而朴素的想法:早日送走"瘟君",拥抱春暖花开。

【原载《人民日报》(海外版)2020年3月28日第7版】

《五禽戏》微视频　　《五禽戏》音频

朗读:中央广播电视总台　肖　玉

皖韵八记

六尺巷记

去安徽桐城，当地人首先带我去看的，是六尺巷。

六尺巷的故事，文字记载最早见诸清末民初桐城派作家姚永朴的《旧闻随笔》：

张文端公居宅旁有隙地，与吴氏邻，吴越用之。家人驰书于都，公批诗于后寄归，云：

千里修书只为墙，

让他三尺又何妨。

长城万里今犹在，

不见当年秦始皇。

吴闻之感服，亦让三尺。其地至今名为六尺巷。

张文端公，即张英，安徽桐城人，康熙年间官拜文华殿大学士兼礼部尚书，逝后赐祭葬，谥文端，哀荣备至。

明清之际，桐城县城内的世家大族星罗棋布，望族大宅鳞次栉比。"凡世族多列居县城中，荐绅告归皆徒行，无乘舆者；通衢曲巷，夜半诵书声不绝。"在今天县城的北大街，还能看到不少名人故居，比如左光斗的啖椒堂、方以智的廷尉第（潇洒园）、姚鼐的惜抱轩等。

张英出仕前，一直住在桐城县城老宅。康熙二十九年（公元1690年），新第落成，康熙帝题"笃素堂"御书匾额以赐。时大学士俗称宰相，故张氏府邸被里人称为张氏相府，张氏庞大家族聚居于此。

张氏府邸坐落在桐城县城西南隅，面积约占当时城内的十分之一，西、南两面抵古城墙衙，东跨南后街（今名西后街），北界即为东西走向的六尺巷。六尺巷遭际太平天国运动、抗日战争等战火，新中国成立后，屡有拆建，至20世纪90年代，张氏府邸主体建筑拆毁殆尽，仅存的旧物，是五亩园西边的一棵皂角树。

张英出身耕读世家，幼承家训，恪守家风，积德励行，廉俭谦让。"居官四十余年，朴诚敬慎，表里无间，忠于公家，无毫发私","素性耿介廉静，外刚内和","生平不沽誉，不市恩，无矫异之行，无表暴之迹","上尝语执政曰：'张英有古大臣风。'"。

在教育子孙上，张英也颇为用心，编撰《聪训斋语》。《聪训斋语》为教导持家、治国、立身、做人的家训，深入浅出，富含哲理。张英自言："予之立训，更无多言，止有四语：读书者不贱，守田者不饥，积德者不倾，择交者不败。尝将四语律身训子，亦不用烦言夥说矣。"刊行后，流传甚广，为方家看重。晚清重臣曾国藩对其推崇备至，在家书中屡屡提及，"张文端（英）所著《聪训斋语》，皆教子之言","句句皆吾肺腑所欲言"。其家训箴言，即使在今天看来，仍然字字珠玑，发人深省。

近些年，人们常将六尺巷的故事与反腐倡廉相关联，褒扬张英及其家族勤政廉俭之风，倒也恰当。但在我看来，其精髓更重在礼让。

为官与为人，素来是相通的，一个谦和礼让之人，居官清廉，应在情理之中。"古人有言，'终身让路，不失尺寸',老氏以让为宝。"张英如是说。或许得益于言传身教,张氏家族随后的一段佳话,更把"礼让"演绎至极致。

张英次子张廷玉,幼承家学,秉持家风,继承其父为官为人之道。张廷玉历事康熙、雍正、乾隆三朝,居官五十载,官至保和殿大学士,谥文和,配享太庙,富贵寿考,为清一代之最。

雍正十一年(公元1733年),张廷玉之子张若霭参加殿试,中了一甲第三。张廷玉再三恳辞,"普天下人才众多,三年大比,莫不相望鼎甲。臣蒙恩现居政府,而子张若霭登一甲三名,占寒士之先,于心实有未安","臣家已备沐恩荣,只算臣情愿让与天下寒士"。陈奏之时,情词恳至,雍正帝不得不勉从其请,将张若霭由一甲探花改为二甲第一名。

与其父六尺巷"让墙"的义举一脉相承,张廷玉"让探花"的故事,当年亦名扬京城。居庙堂之高,还能心忧且礼让天下寒士,连雍正帝都深感其义,要求读卷官将此原原本本记录下来,"候朕览定,颁示中外"。

礼让，乃中华民族的传统美德。张英、张廷玉所代表的张氏家族，继承和发扬这一传统美德，一让再让，传为美谈。

六尺巷 李文 摄

具体到"让墙",不仅体现了张氏谦和礼让的胸襟,还感动了邻人,使人见贤思齐,昭示出道德异乎寻常的感召力。听说,此后的桐城民间,每遇纷争,常能以一句"让他三尺又何妨"而冰释,蔚然成风。

回想20世纪60年代末,中苏交恶,争吵不断。毛泽东在一次会见苏联驻华大使尤金时,就曾意味深长地引用了"长城万里今犹在,不见当年秦始皇"。虽含蓄,但信息传递明确,要害正是该诗前两句中的"让"字。

古之所谓"终身让畔,不失一段",言"让"之有益无损也。古往今来,尽管礼让故事

六尺巷 何传伟 摄

史不绝书,可互不相让、各争短长,或仗势欺人,乃至暴力相向,此等任性失德情事,似乎并未完全消亡。礼让,始终是人们一如既往、孜孜以求的社会理想。

六尺巷诗刻　李文　摄

那天去看六尺巷,正赶上下雨。当地人告诉我,这是 2002 年在原址重建的六尺巷。放眼望去,笔直的小巷,长约百米,宽 2 米,青砖黛瓦卵石路,墙外两旁植香樟。巷道两端立有徽式汉白玉牌坊,一端刻着"礼让",一端题有"懿德流芳"。烟雨蒙蒙之中,倒也有几分修旧如旧的模样。

只是如今,此巷已非彼巷也。几百年过去了,实物存在与否,其实已不重要。即使不见当年六尺巷,又有何妨?!

道德，需要外化于行，内化于心。所幸六尺巷的故事至今仍在传扬，它所表达的，正是对礼让精神的推崇和赞赏，更折射出人们对或有缺失的传统道德的期盼与呼唤。

如此看来，"让他三尺又何妨"——六尺巷中的这种气魄和境界，依然时时催人警醒，至今仍闪耀着穿越时空的道德光芒。

【原载《光明日报》2020年6月5日第15版】

《六尺巷记》微视频　　《六尺巷记》音频

朗读：湖北广播电视台　陈　超

皖韵八記

『七仙女』记

《上影画报》1959年11期 东方神通 提供

热闹场面，完全像是在过节。花鼓戏《槐荫会》，讲的就是七仙女的故事，那悲悲切切、撕心裂肺的声腔，听起来感觉像在打丧鼓，让我幼小的心灵承受不起，总不忍心看下去。

真正让我改变对地方戏曲印象的，是在改革开放之初，看到黄梅戏电影《天仙配》。悲欢离合的故事情节、优美动听的唱腔音乐、美轮美奂的舞美设计，是我过去从未见识过的。同样是七仙女的故事，严凤英的表演，形象唯美，凄美哀怨，有血有肉，性格鲜明，有情有义，看得我如痴如醉，刻骨铭心地记住，且喜欢得不行。

《天仙配》故事中的七仙女，本是神话中七位女神的总称，后来更多是单指七姊妹中最小的七妹。《天仙配》又名《七仙女下凡》《董永卖身》，是黄梅戏早期积累的"三十六本大戏"之一、黄梅戏的保留剧目之一，也是首部以电影方式出现的黄梅戏。全剧分《卖身》《鹊桥》《路遇》《上工》《织绢》《满工》《分别》共七场，讲述玉帝之七女，不恋天宫繁华，同情为葬父而卖身为奴的人间青年董永，私自下凡与其结为夫妻。七仙女一夜织得锦绢十匹，使董永三年长工变为百日。百日期满，从此不再受那奴役苦，夫妻双双把家还。孰料玉帝却令七仙女重返天庭，拆散鸳鸯两分离。

后来才晓得，黄梅戏电影《天仙配》，早在1955年就已公映，轰动全国。随后又看了严凤英主演的另外两部黄梅戏电影《女驸马》和《牛郎织女》，但我最最喜欢的，还是《天仙配》和七仙女。

严凤英祖籍安徽桐城罗岭（今安庆市宜秀区罗岭

镇),1930年出生在安庆城区龙门口街下的余家祠堂。她自小历经苦难,命途多舛,承受了母亲出走、妹妹被卖、回乡放牛、贩米、挖菜等诸多生活磨难。她12岁拜师学艺登台后,又为家族宗长所不容,险遭沉塘之灾,被迫离家出走,只身闯

1959年严凤英 (方老修)

荡江湖。在旧中国,艺人的从艺之路充满辛酸和险恶,她为摆脱恶势力的迫害,不得不远走池州、南京避祸。新中国成立后,她才重返安庆,再次登上黄梅戏舞台,声誉鹊起。

从黄梅戏电影《天仙配》开始,严凤英的演艺人生大放异彩,推出一部又一部经典,铸造了一个又一个辉煌。她连拍三部黄梅戏电影,并灌制了大批唱片和录音盒带,风靡海内外。电波的冲击,拓展了黄梅

戏舞台艺术和观众市场，吸引、培育、造就了一代代忠实的观众。黄梅戏也因此从一个地方小剧种，变成全国皆知、广受欢迎的大剧种。有那么一段时间，天南地北的人，差不多都能随口哼唱几句黄梅戏。

一个人的名字，能够与一个剧种如此相伴相生、相映生辉，经历漫长岁月洗礼之后，仍然不断得到追捧和尊崇，这无疑是一个艺术家最高的殊荣。

严凤英和她的黄梅戏电影《天仙配》出现后，严凤英一下子成了七仙女的化身。时至今日，提到严凤英，就会想到《天仙配》和七仙女，就会想到黄梅戏，这已经成为一种思维定式。

一个时代的声音，都会带有那个时代独特的印记，让人不自觉地有一种代入感，恍如隔世。每次听严凤英的演唱，亮丽沙甜，朴素直白，有嗲有嘎，偶尔夹杂一点儿方言俚语，真的能闻到一股泥土的清新和芳香，就像是那个时代邻家小妹在说话。她一开口就能调动观众的情绪，悲伤处令人落泪，欢快处叫人捧腹，让人感到一种天然的亲近，仿佛说的都是身边的事。

《天仙配》剧照

《天仙配》剧照

或许是因为黄梅戏源自农村，一直活跃在田间地头，带着大自然的气息，与京剧的沉厚、越剧的清丽、豫剧的豪迈不同，本身自带原生态的味道。严凤英的演唱，饱含浓郁的乡土气息，更加自然亲切，听起来好有味儿，很轻易就拉近了与观众的距离。

民间戏曲，要想让老百姓爱看，没有让人喜爱的女主角，自然是不行的。黄梅戏无论大戏、小戏，女性形象和女声唱腔有着本已占优的传统，旦角戏始终处于最重要的位置，正好迎合了观众普遍的审美情趣。七仙女、冯素珍、柳凤英……严凤英以她精湛的表演和婉转的唱腔，更加强化了旦角戏在黄梅戏中的戏份，深深吸引住观众的眼球。

我平常其实不大爱听戏，主要是很多唱词经常听不真切。但听严凤英演唱的黄梅戏，完全没有这种顾虑和畏惧。她的咬字吐字异常清晰，字音结实丰满、易听易懂。她曾对徒弟田玉莲说过《天仙配》中《路遇》一场关于吐字的认识："我是借用了京剧的一些吐字方法，与安庆话糅合在一起的。比如'小女子也有伤心事'的'事'字，就不能按普通话来念，就得按安庆话来念，把'事'念作'四'。如念作'事'，就不像黄梅戏了。"这对于长江中下游和南方地区的广大观众来说，不仅听得懂，而且更亲切、更过瘾。其实，戏曲演唱讲究"语音辨别，字真句明"。严凤英就此做过很多大胆探索和创新，这可能也是她的唱腔广受欢迎、时被模仿、影响久远的重要原因。

可叹，严凤英的辉煌，如划过夜空的流星，如此美丽，却又太过短暂。无情的政治运动，逼她走上绝路，她最终不堪屈辱，只能以死抗争。

"又谁知花正红时寒风起，再要回头难上难！生生死死人间去，恩爱夫妻难团圆！"这是黄梅戏《牛郎织女》中的唱词。据说，严凤英每唱到此处，都特别入戏，声泪俱下，难以自持，仿佛唱的就是她自己。

难道真的是戏如人生？鲁迅先生说，悲剧就是将人生有价值的东西毁灭给人看。严凤英的代表作，如《天仙配》《小辞店》，结尾莫不是难舍难分、肝肠寸断的悲剧，有怜悯有畏惧有惊赞，更多的是饮恨与悲愤。

有时候我在想，严凤英似乎天生就是为黄梅戏而生的。冥冥之中，也许她正是要把自己不凡的人生，用与黄梅戏悲戏特色相匹配的形式，轰轰烈烈地展示给世人。与其说是悲，不如说是一种美，有如梁祝化蝶！

可以告慰于她的是，这么多年过去了，人们依然念念不忘，记忆犹新；她赋予黄梅戏旺盛而持久的生命力，她的艺术生命之树常青，依然生生不息，且历久弥新。

春满江淮花起舞。黄梅戏，从一开始就走在窄窄的田埂上，接着地气，才更加容易、更加深入地走进了老百姓的心间。改革开放以来，黄梅戏舞台上先后涌现出令人瞩目的"五朵金花""新五朵金花"，以及雨后春笋般的民间班社，传承传统剧目，努力发扬光大，不断推陈出新。

严凤英、吴琼、马兰……一代又一代"七仙女"，英姿勃发、前赴后继地活跃在黄梅戏舞台上，那表演、那唱腔、那形象，始终延续着一种美——永不过时的美。

再芬黄梅艺术剧院舞台剧《天仙配》剧照　再芬黄梅艺术剧院　提供

前几天，我又忍不住看了一遍严凤英演的电影《天仙配》。我边看边想：如果七仙女的故事，从《卖身》到《满工》，以"夫妻双双把家还"大团圆结束，固然欢欢喜喜很美好，可这种美好甜得让人发腻，反而不真实了。倒不如以《分别》收场，将人生有价值的东西毁灭给人看，"不管天规重重活拆散，我与你天上人间心一条"，七仙女的誓言，直面人生的悲喜，有情难自已的愤恨，有欲哭无泪的坚定。

这深长的意味，让人心有不甘，却又无力无助，怎么能够释怀和忘怀呢？

人世间，那些近乎残忍的悲，往往更动人、更唯美。

【原载香港《文汇报》2020 年 4 月 18 日 B2 版、25 日 B4 版】

《"七仙女"记》微视频　《"七仙女"记》音频

朗读：中国戏剧家协会副主席、黄梅戏表演艺术家　韩再芬

皖韵八记

八公山记

中国人爱吃豆腐，由来已久。

豆腐算是中国人在食品深加工上较早的创造。但豆腐到底是何时何人所发明的，说法不一，传得最多的是西汉淮南王刘安，发源地就在安徽淮南市的八公山。历史以来，"八公山豆腐"一直是淮南传统美食的著名品牌。自1990年起，每年9月15日刘安诞辰这一天，淮南都举办"中国豆腐文化节"。

八公山，原称北山，因其所属诸山位于今寿县城北而得名。八公山地处淮北平原与大别山区的过渡地带，占地200余平方千米，其主峰位于淮南市谢家集区唐山、山王两乡境内，属大别山余脉，山势绵延，一脉叠嶂40峰。

"八公山"之名，与淮南王刘安有关。刘安是汉高帝之孙，厉王刘长之子，折节下士，笃好神仙黄白之术，养方术之徒数十人，皆为俊异。其中苏飞、李尚、左吴、田由、雷被、伍被、毛周、晋昌八人才高，称之"八公"。刘安与八公在山中著书立说，研究天象，编制历法，冶丹炼沙。

成语"一人得道，鸡犬升天"，就出自刘安炼丹的传说。北魏郦道元《水经注·肥水》载："忽有八公，皆须眉皓素，诣门希见。门者曰：'吾王好长生，今先生无驻衰之术，未敢相闻。'八公咸变成童，王甚敬之。八士并能炼金化丹，出入无间。乃与安登山，薶金于地，白日升天。余药在器，鸡犬舐之者，俱得上升。其所升处，践石皆陷，人马迹存焉。故山即以八公为目。"

淮南一带盛产优质大豆，这里的山民自古就有用山上珍珠泉水磨出的豆浆作为饮料的习惯。当地的传说是这么讲的：一天，刘安在炼丹炉旁喝豆浆，不小心把豆浆洒到炼丹用的一块石膏上。不多时，石膏不见了，液体的豆浆却变成了一摊白生生、嫩嘟嘟的东西。刘安尝后觉得很是美味，连呼"离奇、离奇"。八公山豆腐初名就叫"黎祁"，盖"离奇"的谐音也。

民间传说还有多个版本，难免有牵强附会的嫌疑。

淮南豆腐菜 陈彬 摄

千余名游客在豆腐发源地安徽淮南品尝一块重达8吨的超大豆腐,分享舌尖上的美味。

陈彬 摄

中国豆腐村　淮南市委宣传部　提供

但明朝罗颀《物原》中有刘安做豆腐的记载。明朝李时珍在《本草纲目》中也说："豆腐之法，始于前汉淮南王刘安。"

山以人而闻名，也是人与自然的一种和谐共生。在八公山，还有一位比刘安更早、同样有很多故事流传至今的人——楚国春申君（公元前314年—前238年），"战国四公子"之一。

春申君本名黄歇，游学博闻，善辩。楚考烈王元年（公元前262年），以黄歇为相，封为春申君，赐淮北地12县，为其食邑。此地因陂田富饶，舟楫便利，逐渐成为楚国贵族卿吏、将佐军士、工商庶民聚居之地，楚怀王时，已是商贸往来要津。在春申君的经营之下，此地建筑、熔铸、农业等都得到较好发展。据说，寿春的名字，本意是"为春申君寿"。

把看似不可能的事办成了，才算是真本事。

春申君确实有真本事。奉事楚顷襄王时，他办成了几件让人刮目相看的事。当时，秦昭王根本不把顷襄王看在眼里，已命令白起同韩国、魏国一起进攻楚国,一旦发兵,楚国有灭亡的危险。危急时刻,顷襄王派黄歇出使秦国,不仅成功说服秦昭王罢兵,还"发使赂楚,约为与国"。

接受盟约返国后,楚王又派黄歇与太子完到秦国做人质,被扣留数年之久。其间,顷襄王病重,太子却不能回楚。春申君施展才能,不仅设计让太子完成功返回楚国,而且居然再次说服秦王,把他遣送回楚,有惊无险地脱身。

这些惊心动魄的故事,司马迁在《史记》中都有绘声绘色的描写。太子完立,是为考烈王,即以黄歇为相。春申君既相楚,方争下士,招致宾客,以相倾夺,辅国持权,助楚国重振雄风,又强大起来。春申君担任楚国相20多年,但楚国面临一个问题:考烈王没有儿子,没有继承人。春申君很是担忧,于是他广泛寻找妇人进献给楚王,希望能够为楚国生个儿子,然楚王始终没有生子。

春申君陵园　陈彬　摄

赵国有个叫李园的听说此事，便带着妹妹来到楚国，成为春申君的门客，把妹妹献给春申君。不久，李园之妹怀了身孕，李园就给妹妹出主意，教她劝说春申君把自己进献给楚王。春申君觉得有理，居然依计而行。不久，李园的妹妹生下儿子，成为太子，李

园的妹妹被封为王后。李园的地位也急速攀升,开始掌握楚国权力。

随着权力和地位的攀升,李园准备除掉春申君。几年以后,考烈王病重。春申君的一个门客朱英劝说春申君杀掉李园,春申君却没有听从。公元前238年,楚考烈王去世,李园抢先进入王宫,在棘门埋伏下刺客。春申君前去王宫奔丧,在棘门遭李园刺客伏击,

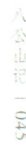

升仙台　淮南市委宣传部　提供

当即被斩头。同时，李园派官兵将春申君家人满门抄斩。同年，熊悍继位，是为楚幽王，李园取代黄歇，被任命为楚国令尹。

哀其不幸，怒其失心。即使再有智慧，位高权重时，照样容易迷失心智。春风得意之时，如能保持一份清醒，至为难得，古今同理。

当然，这些故事，都赖司马迁在《史记》中的叙述。一直以来，也有不同声音，可叹苦无可靠凭据。

功与过、好与坏，经过岁月的洗礼之后，有时候会变得模糊起来，有些甚至可以分离切割。春申君与刘安，一个属战国，一个在西汉，都是叱咤一时的风云人物，都在八公山留下深深印记。然殊途同归，结局惨烈，为天下笑。但后世之所以还能记住他们，大体是因为他们用自己的聪明才智，做了些有益于社会、泽被后世的事，很自然地赢得口碑、得到尊崇，不会泯灭。豆腐早已成为人们日常喜爱的美食，刘安编撰的《淮南子》，当代仍在研究解读，整理编定的二十四

八公塑像 陈彬 摄

节气，沿用至今。春申君无论是在"淮北12县食邑"，还是后来在江东的封地，比如苏南、上海一带，都留下不少功业，以至于2002年9月上海申博成功的欢庆晚会上，高唱的第一首歌竟是《告慰春申君》。至于李园，也就被立为反面人物了。

2018年冬，我在池州见到一位曾任职淮南的领导，她给我讲了一段趣闻：

前些年，淮南市修一条马路，通到春申君陵园，不知道是有意还是巧合，这条马路被命名为"李园路"。据说当时有人提出，怎么能以一个传说中"坏人"的名字命名一条马路呢？一种解释是：正因为是个"坏人"，以他的名字命名之后，前往八公山拜谒春申君的人们，从此就这样一直把李园踩在脚下了。

战国时期的爱恨情仇，居然在2000多年后以如此戏谑的方式了断。这多少让人有点堵得慌，一种说不出的滋味，最后又不得不释然了。

历史的烟云，总是承载着风雨，要廓清其本来面目，谈何容易。人有时候就得认命，还得"信邪"，并不都能以个人意志为转移的。世事虽无常,但善有善报、恶有恶报,不过是迟早之事。这一规律和命定,终归难以打破。

【原载香港《文汇报》2020年10月31日B7版】

《八公山记》微视频　　《八公山记》音频

朗读：中央广播电视总台　彭　坤

皖韵八记

槐林记

"唧唧复唧唧，木兰当户织。"

行走在安徽巢湖市槐林镇大汪村中心村里，四面传来此起彼伏、不绝于耳的织机声，不由得让我想起《木兰辞》开头的场景。

镇上陪同的人告诉我，这里是槐林镇渔网的发源地，"家家户户有网机，老老少少会渔网"。仅大汪村中心村就有渔网织机112台，常年24小时不间断作业。

顺道走进一家农户的织机车间，两部机床正不停地运转着。女主人笑脸相迎："2013年自筹资金买的织网机，每台10多万元。"

"一台织网机，一年能赚多少钱？"打听收入虽然有些不礼貌，但我还是想知道。

女主人笑而不语。陪同的人忙接过话："他们不好意思说。一台织网机，一年少说也能赚十几万元，快活着呢！"

当初友人动议,去看看巢湖的"环湖十二镇"时,我其实是没有概念的。几个镇看下来,唯独被巢湖之南的槐林镇所吸引,让我闻到许多熟悉的味道。

我从小生活在湖北洪湖边。"清早船儿去呀去撒网,晚上回来鱼满舱",《洪湖水浪打浪》中的这两句唱词,是我老家人早年生活的写照。

巢湖是中国第五大淡水湖,面积比洪湖大一些。听说我是洪湖人,当地人随口唱起"渔家住在水中央,两岸芦花似围墙。撑开船儿撒下网,一网鱼虾一网粮",并很肯定地说:"《天仙配》中的这几句歌词,就源自我们槐林。"

真耶假耶?我无法评判。但湖边人生活劳作的习性大体差不多,捕鱼

槐林标识 方华 摄

与织网,都是世代传承下来的祖业。

  我家下放后住的那个村子,就有很多人以此为业。记得小时候,母亲闲暇时,时常在家手工织渔网卖钱,补贴家用。改革开放之后,老家人大都改行从事养殖业,捕鱼与织网这些传统产业,基本销声匿迹了。

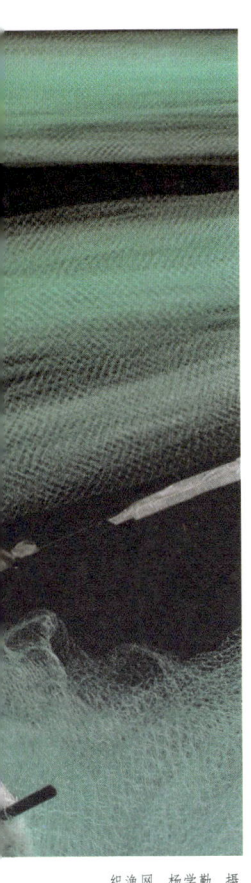

织渔网 杨学勤 摄

没想到,人口不到8万人、面积不足200平方千米的槐林镇,居然是全国最大的渔网生产基地,渔网远销欧洲、非洲、南美洲、北美洲、东南亚等60多个国家和地区。早在2012年,槐林镇就被中国渔网行业协会授予"中国渔网第一镇"荣誉称号。

这一下子勾起了我的好奇心。

第一次去槐林镇,镇上的人就把槐林渔网商会会长胡玉木引荐给我,称他是槐林渔网产业发展的参与者、见证者。

我对渔网最初的记忆,是我母亲在家用尼龙丝织的。

"用尼龙丝织网,已经是后来的事了。"今年58岁的胡玉木指着渔网展厅里摆放的早期编织工具说,"渔网最初用的原材料是麻和蚕丝,20世纪80

年代初,才被尼龙丝和锦纶丝替代。因为原材料充足,渔网产量上来后,有人开始到市场上兜售,销售范围能辐射到华东一带。"

那天去大汪村中心村,见到82岁的任老太正坐在家里装扎渔网。她一边忙乎一边讲,扎一条渔网花半小时,可挣3元,一天下来能挣三四十块钱。

织渔网有如打毛衣做女红,老少咸宜。工序大体是,先织好网片,再装扎网浮和网坠成型,全部手工操作完成。家家户户都能做,从十几岁的孩子到80多岁的老人,男女老少一起忙。

"吃的是渔网饭,发的是渔网财。"胡玉木说。织渔网本身并不难,槐林人能把渔网当作饭碗稳稳地端住,就是因为从一开始就紧盯市场,先有市场,后有工厂,营销始终走在前头。

改革开放之初,一些思想活跃的农民开始带头专门从事渔网的生产和销售,当起专业户,槐林镇一下子冒出数百名以推销为主的"大网客"。他们走南闯北,寻找市场,摸清各地市场行情,与外地网商或

机织渔网　李远波　摄

换线筒　李远波　摄

客户签订好供货合同,然后自购原料,委托村邻友好,或送到偏远的农户,按合约加工成网。全镇由此形成了数百个以"大网客"为轴心的挂户产销联营体,70%左右的农户成为协约户,渔网的品种、规格和产量,转为按预约生产。对号入座后,销路畅达,几乎100%立即脱手。

这是改革开放带来的新气象。生产和销售虽然仍是传统方式,但家家户户不停歇,老百姓的钱包都鼓起来了。

凡事变在先,方能得先机。

尝到甜头的槐林人又开始琢磨:市场既然如此供不应求,仍靠老一套的生产和销售方式,怕是不行了。

1993年,槐林引进第一台织网机,生产效率较以往手工编织提高了成百倍;引进两条纺丝生产线,以聚酰胺为原料生产制作渔网的单丝;1998年,引进日本产的21台当时世界上最先进的高速渔网织机;1999年,槐林渔网企业取得自营进出口权,向国际市场迈进……槐林渔网生产已经形成集纺丝、织网、定型、染色、装扎、销售于一体的完整产业链，进入产业集群化发展。直接从业人员达3.2万人，近4000人的营销队伍遍布国内外。

依湖而生，由网而兴。槐林镇的渔网产业现在到底有多厉害呢？这两组数据，让人不服不行：2019年生产拉丝9.2万吨、渔网8.9万吨，分别占全国产能的26%、世界产能的1%。

胡玉木笑称，自己已是"前浪"，槐林的"后浪"更厉害。

手工织渔网比赛　胡志伟　摄

近些年时兴的电商,如今已在槐林镇雨后春笋般地发展起来。随机走进一家做电商销售的渔网厂,工厂门口办公室的办公桌上摆着两台电脑。年轻的现场主管介绍说,就靠这两台电脑,24小时与世界各地连接,随时接单、随时发货,出口到20多个国家,年产值600多万元。即使是今年疫情最严重的时候,也基本没受影响。

毕业于安徽大学国际贸易系的方云山,是土生土长的槐林人。大学毕业后,他先去浙江温州、宁波做了几年外贸,2009年返乡创业,现在是一家网具制造企业的总经理,主营渔网网片的定型、染色、包装,以自营出口为主。

说到电商销售,方云山认为,电商多是年轻人在操作,家庭作坊式销售,好比沿街叫卖的"地摊经济";我们公司与电商不同,只跟大的交易商合作,根据生产经验和大数据分析,以市场供求来决定各种生产要素的价格和资源配置。国外渔网市场现在基本由我们主导,我们拥有定价权,把市场话语权牢牢掌控在自己手里。

"能把一个传统产业做到这么大,你觉得槐林主要靠什么?"我请教方云山。

"靠的是既有全产业链,又有市场话语权。"方云山说,"不仅如此,槐林渔网产业平台基础好,专业化分工非常精细,利润空间分解到每一个环节,大家都有钱赚,人人都有发展动力。可以这么说,只要是与渔网有关的任何一个工序环节,都能在槐林找到配套生产加工的渠道,这是其他地方做不到的。"

"槐林没有一个外出打工的人,也没有留守儿童。"在好几个场合,听到好几个槐林人说出这句令人羡慕又有底气的话。

可不是吗?渔网产业带来充足的创业、就业机会,槐林本地人都能就地就业,还吸引了越来越多外地打工者,不少本地出去的大学生也纷纷返回槐林创业。

槐林渔网产业的发展过程,正好见证了新中国特别是改革开放的风雨历程。在享受改革开放成果的今天,槐林人仍然紧盯市场,把产业链由单纯的渔网延伸到渔网具配件及体育、娱乐网产品。比如研发条轮、聚乙烯等高分子材料网制品，同步开发钓钩、钓竿等高附加值产品；增加上游渔网具生产机械、成套设备，还有下游渔具及配套产品等。

时移世易，优胜劣汰。不是所有的传统都可以弘扬的，该消亡的，终归要消亡，无须刻意去振兴。真要是有生命力，顺乎民意，又能顺应时代潮流，迟早会焕发出活力。

把传统产业做成富民产业，槐林做出最好的诠释：2019年，槐林镇人均可支配收入22086元，远远高出全国和安徽全省的平均水平。

槐林镇现在满大街都是老板。方云山开玩笑说，外地人到槐林镇上，看见有像"孬子（'傻子'的意思）"的，可人家实际是个老板。同样一个人，在别的地方可能真是个"孬子"，在槐林却可以成为老板。

小镇渔网，网撒全球。当地人很自豪：我们槐林好得很，渔网产销24小时不停歇，凌晨都能叫到外卖，是一座真正意义上的"不夜城"。

细细想来,《木兰辞》中的诗句,如果放在如今的槐林镇,改为"不闻'女叹息',惟闻'机杼声'",应该更为贴切,更加传神。

这机杼声,感觉不出"呕哑嘲哳",更像是老百姓心底唱出的一曲富民欢歌,让人喜不自胜、热血沸腾。

【原载《人民日报》(海外版)2020年8月8日第7版】

《槐林记》微视频　　《槐林记》音频

朗读:安徽合肥广播电视台　马　腾

皖韵八记

王家坝记

"上善若水，水善利万物而不争。"水虽"不争"，但人和水争地，一向惨烈，自古不绝。

在大江大河边长大的人，都免不了有为水患所困的痛苦经历。天降暴雨、洪水来袭、堤防告急时的心惊肉跳，成为抹不去的黑色记忆。

我在长江边长大，老家边上还有与长江贯通的中国第七大湖洪湖。这里古称云梦泽，新中国成立后称荆江分洪区，历来水患频繁，差不多隔几年就来一次。以前每到夏天，听广播中的长江水文公报，谈"水"色变，成了家常便饭。印象中，老家过去的建筑，感觉都像是临时性的，似乎时刻预备着被水淹毁。至于田亩鱼塘，就更不必说了，一切仿佛都随时准备推倒重来。

到安徽工作后，梅雨季节江淮之间的雨情水情，是随时都会被提起的话题，防汛抗洪的弦，时刻紧紧

泄洪中的王家坝闸　张俊　摄

地绷着。特别是淮河,历史以来,总让人揪心。

今年夏天,江淮流域的梅雨就很不捧场:入梅时间早、持续时间长、雨量特别大……罕有的雨情、水情,先是导致长江流域水位全面超警。至7月中下旬,雨带北移,又致淮河全线告急。

洪水中的蒙洼蓄洪区 张俊 摄

正在北京休假的我，临时决定赶返安徽，第一站直奔位于阜南县的王家坝。

王家坝闸号称"千里淮河第一闸"，是淮河防汛的"晴雨表"，是淮河灾情的"风向标"。每到夏季主汛期间，王家坝都成为世人关注的焦点。

淮河的确是"中国最难治理的河流"。历史上，黄河泛滥，多次夺走淮河的入海通道，极大破坏了淮河流域天然水系，沿淮人民与水旱灾害进行了不屈不挠的抗争。一直到中华人民共和国成立前，淮河水系紊乱，排水不畅或水无出路，"大雨大灾，小雨小灾，无雨旱灾"，成为淮河的真实写照。

"善治国者必先治水。"在江河纵横交错、湖泊星罗棋布的中国，尤其如此。

"水能载舟，亦能覆舟"，其本意是言明水资源具有水害与水利的双重性，后来才引申为统治者如船，老百姓如水，水既能让船

王家坝闸　王晓飞　摄

安稳地航行,也能将船推翻吞没,沉于水中,表示事物用之得当则有利,反之必有弊害。

新中国成立伊始,即开始治水的历史。1951年5月,毛泽东主席题词"一定要把淮河修好",拉开新中国大规模治水序幕,淮河成为第一条被全面系统治理的大河。

1953年建成的王家坝闸,全称淮河蒙洼蓄洪区王家坝进水闸,位于淮河中上游分界点左岸,蒙洼蓄洪区工程入口处，是淮河流域第一座调洪设施和安全屏障。王家坝闸自建成始，就担当着容纳上游洪水、削减向下洪峰的重任，上可保河南沿淮平原地区，下可守两淮能源基地、京九京沪交通大动脉。

2020年的淮河洪水，来势格外凶猛。水位最高时达29.75米，超过保证水位0.45米，已至极限。7月20日8时32分，国家防总下令，王家坝闸开闸泄洪。巨浪翻滚，如万马奔腾，一泻千里，十里之外可听见咆哮声。

这是王家坝闸自建成后第16次开闸进洪。蒙洼蓄洪区与其他7个行蓄洪区联合运用，换来淮河下游水位下降0.2到0.4米，极大降低淮河干流风险。

水进人退、水退人进的博弈，在过去是一种常态，现在看来，已经不合时宜、不可持续。在人水共存共生之中，争与不争并不重要，关键是得给出路——既要给水出路，也要给人出路。

去年夏天，我到过蒙洼蓄洪区。与我想象的蓄洪区不一样，过去要蓄洪，一般是把人安全转移到大堤上。蒙洼蓄洪区刚开始建设时，除了修筑堤防，还修建了庄台和保庄圩，供老百姓搬迁居住。

这是淮河流域行蓄洪区独特的村落形态。当地人有个形象的描述："庄台像是在蓄洪区内倒扣的一个盆，人住在盆底上，蓄洪的时候又像个湖中岛；保庄圩则像是把盆反过来，正着放，盆四周由大堤围着，蓄洪的时候，盆外面是水，盆里面住着人。"

自20世纪五六十年代建成后，庄台和保庄圩已经成为行蓄洪区居民固定的居住场所，公共基础设施和卫生环境不断改善。过去是为获取生存机会，如今已变为享受生活品质。

新中国大规模治淮以来，淮河的干支流上已经架设起一道道防洪安全屏障：与王家坝闸同时代，还建有由六大水库组成的淠史杭工程；有被称作淮河抗洪最后一张"底牌"的临淮岗洪水控制工程，防洪标准在100年一遇……一批重大水利设施正发挥着关键作用，"蓄洪兼筹"的防洪体系日臻完善，防汛抗洪、防灾减灾的能力不断提高，手段和资源日益丰富。

人和水都有了出路，不再争夺发展空间，自然就能和谐相处了。

遥看王家坝闸，如巨龙横卧在蓄洪库上游，确有拒水于千里之势。站在闸的桥面上，虽然脚下洪水仍在咆哮，但已然不再感觉那么惊心动魄、提心吊胆了。

千百年来，在旱涝更迭中，沿淮人民已经探索出一条治水兴水的发展之路。除险兴利，百姓安居乐业、幸福安康；水"利万物"，浇灌沃土、润泽四方。

"浴乎沂，风乎舞雩，咏而归"——古人追求的社会理想，如今已化作活生生且自由自在的美好生活，为淮河儿女所安享。

【原载《光明日报》2021年3月26日第15版】

《王家坝记》微视频

《王家坝记》音频

朗读：中央广播电视总台　曹治华

皖韵八记

江淮运河记

合肥有不少三国遗迹，比如曹魏新城、逍遥津。很多年前我第一次到合肥，就都专程去过。

最近听说有条曹操河，而且与古江淮运河有关。我有些诧异，倒也饶有兴趣。

记得2016年底的时候，被称为安徽版"南水北调"的引江济淮工程正式开工建设。这条崭新的南北向水上大通道，又被称作江淮运河，它将打通长江、淮河水系，结束安徽江淮之间水运必须绕道京杭大运河的历史。

曹操河与江淮运河，到底有何隐秘的关联？

安徽自称江淮大地，长江、淮河穿省而过。长江安徽段号称"800里皖江"，淮河安徽段430千米，约占淮河全长的一半。省城合肥居中，处江淮之间。

地理位置不东不西的安徽，多在江淮之间做文章，可能也是别无选择。

江淮分水岭，处安徽中部，又称江淮丘陵，是长江流域与淮河流域的分界线，面积约2万平方千米，海拔在100到300米之间。岭头在岳西县，主要岭区横跨安庆、六安、合肥、淮南，岭尾差不多涵盖滁州全境。合肥所属巢湖、肥西、肥东等市县所在位置尤为典型，降雨从这里往长江或淮河"分流"，南麓流往长江，北麓汇入淮河。

查看安徽省地形图，在合肥西北的将军岭一带，流入巢湖（再汇入长江）的南淝河与流入淮河的东淝河，分列江淮分水岭两侧。两河支流很接近，距离仅10余千米。

这就很容易让人想到：如果在此开凿一条河，把两条淝水连接起来，安徽境内的江淮水系即可由"二"字形变成"工"字形，南北贯通了。

据说，曹操河正是如此。而且自古至今，一直有人执着地动此心思。

春秋时期，吴、楚的边界在江淮分水岭一带，有"吴首楚尾"之称，因其特殊的区域位置和战略价值，历来为兵家所重。春秋吴、楚争霸，三国魏、吴相争，均在此有过交手。

曹操在江淮分水岭开凿人工河道，南北间连接淝水和施水，无论从军事还是经济的角度，既有需要，也有可能。

当地土人世代相传，曹操河开挖之后，"日挖一丈，夜长八尺"，周而复始，河道难成，只得半途而废，望"岭"兴叹。

当代诸多专家综合历史资料，结合遥感图像处理解译和野外考察，基本确定在合肥市蜀山区小庙镇将

曹操河　安徽省引江济淮集团有限公司　提供

军岭、曹操河遗址周边，包括曹操河、鸡鸣坝，自西向东排成一线，确实存有一条古人工河道遗迹，正好把东淝河和南淝河的源头连接起来，总长5千米。当地人习称"曹操河"，又称"十里旱河"。

"运河"是一个特定概念。除航运外，运河还可用于灌溉、分洪、排涝、给水等，但必须具备两个条件，二者缺一不可：人工开凿疏通的河道，全河道能够完全通航。

曹操河确实有人工开挖疏通的痕迹。但在江淮分水岭一带的江淮水系是否曾经做到全程完全通航，抑

淮河鸟瞰　安徽省引江济淮集团有限公司　提供

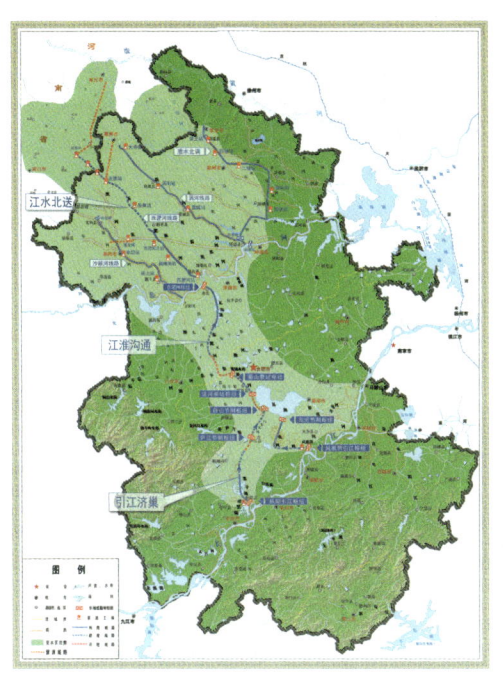

引江济淮工程布局示意图

或只是在将军岭一带翻坝过船，目前尚无直接证据可以确定。

可以确定的是，至少在公元 7 世纪初，隋炀帝下令开通济渠、邗沟运江南漕米以后，曹操河业已壅塞不通了。

曹操河历千年而风貌残存，依稀可见的轮廓，隐含着一言难尽的无奈，仿佛欲说还休。

沟通江淮,几乎成了江淮儿女心中难以抹去的梗:从来不需要想起,永远也不会忘记。

可喜的是,新中国成立后,淮河成为第一条被大规模系统治理的河流,在安徽境内打通江淮的构想,再次浮出水面。几经波折,前赴后继,历经半个多世纪的论证和研究,终于迎来了真正意义上的江淮运河。

引江济淮工程从枞阳引江枢纽和凤凰颈引江枢纽引水,输水线路总长723千米,自南向北分为引江济巢、江淮沟通、江水北送三大段,以城乡供水和发

引江济淮工程线路示意图

展航运为主，结合灌溉补水和改善巢湖及淮河水生态环境，涉及安徽、河南2个省15个市55个县（市、区），将长三角城市群与中原城市群连为一体，润泽皖豫、辐射中原，造福淮河、惠及长江。它是继京杭大运河后打造的中国第二条南北水运大通道。

不过，江淮运河没有走曹操河这条线路，而是选择将东淝河与同样发源于江淮分水岭的派河相连，与巢湖贯通。

江水自巢湖顺着派河一路向北流去，到达合肥市

菜子湖湿地的候鸟（二） 陈军 摄

菜子湖湿地的候鸟（三） 陈军 摄

菜子湖湿地的候鸟（一） 吴保国 摄

菜子湖湿地的候鸟（四） 陈军 摄

菜子湖湿地的候鸟（五） 詹俊 汪华君 摄

蜀山区及肥西境内的江淮分水岭，引江济淮途经的这一地段，仍然是必须穿越的"雷区"——传说中当年开挖曹操河遇到的情形，实际是一道世界性技术难题。

所谓"日挖一丈，夜长八尺"，其实是江淮分水岭区域广泛分布的膨胀土造成的。膨胀土是一种富含亲水黏性矿物质的土，遇水膨胀，失水收缩。下雨时，吸水膨胀，松软如泥；天晴后，迅速收缩，硬如岩石。开挖河道遇此土，易致垮塌。

为攻克膨胀土处理难题又不影响引江济淮水质，

菜子湖湿地的候鸟（六）　陈军　摄

在江淮运河工地上，云集了中国顶尖的水利工程专家和技术人员。通过试验段长达两年多的试验，最终通过把膨胀土换填成水泥改性土，攻克了这一千年难题。

在踏访热火朝天的江淮运河工地的时候，真正吸引我的，不是那些体现综合国力的技术和装备上的领先和卓越，而是带有鲜明时代特色的新标签——"生态优先"。

话说，地跨桐城和枞阳的菜子湖，是引江济淮的必经之路，又是内陆湖泊中黑腹滨鹬重要的迁徙和越冬地，周边的湿地吸引了众多候鸟在此栖息。特别是珍稀鸟类白头鹤，每年有1万多只由西伯利亚南下迁徙，其中约2000只在菜子湖过冬。

为了让引江济淮的江水能够自流，必须将菜子湖的水位抬高1米多，这将会淹没滩涂丰茂的水草。而草籽、草根皆为水鸟的食物，食物源减少和生存空间缩小，将破坏候鸟栖息环境。

世界动物保护协会和湿地国际候鸟迁徙专家很快把目光投向了这里。

长江安徽段 肖本祥 摄

反复论证之后,决策层拍板,专门增加约 3.5 亿元工程投资,对原设计方案进行大幅调整:将航道西移约 1 千米,远离团结大坝鸟类集中分布区;在每年 11 月至第二年 3 月,降低水位,保护候鸟越冬栖息湿地基本不减少;修复团结大坝附近湿地,改善和扩大湖区湿地环境;冬季候鸟期,临时停航,设立投食站,给候鸟准备充足的饵料。

引江济淮所有工程环节的先导条件是保护生态和减缓环境不利影响,谨慎论证并不断调整和优化调水规模、引江口门、输水线路、枢纽布置等重大方案……早在工程论证阶段,鱼类、鸟类、生态等领域的专家就已按问题导向提前介入，最大限度地减少水利工程对流域生态的影响。

人与自然如何和谐相处，成为当今的一个社会问题，值得深思，令人警醒。

人类社会发展到今天，面临的诸多新问题，一定有许多是古人想象不到或者无须考虑的。一项浩大的工程，讲究"生态优先"，充分照顾到鱼、鸟以及生态环境等等，有时候甚至不得不不惜代价、不计成本。这是社会发展带来的问题，也展示了人类社会的发展进步。

有梦想，才有方向、有远方、有未来。好梦成真之日，便是福祉惠至之时。

千年梦圆在今朝。引江济淮工程全线竣工之时，生机勃勃的江淮运河将使安徽腹地实现"通江达海"，真正融入"一带一路"合作倡议，便捷对接长三角、中部崛起，为人们描绘出一幅人与自然和谐共享的经济版图和生态美景——"一河清泉水、一道风景线、一条经济带"。

运河,从来都像是一条流动的生产线,带给人类的,始终是发展与进步、文明与富足。古往今来,只有那些顺应自然、福泽众生的事,才会被世代传扬,并最终为历史所铭记。

【原载《人民日报》(海外版)2021年1月25日第7版】

《江淮运河记》微视频　　《江淮运河记》音频

朗读:中央广播电视总台　张　东

皖韵八記

天柱山记

皖南多山，名山也多。

比如黄山——被徐霞客称作"黄山归来不看岳"；比如九华山——中国佛教四大名山之一，被李白誉为"妙有分二气，灵山开九华"。不仅如雷贯耳，而且早已闻名遐迩，大有"一览众山小"的气势。

与巨人比肩，在仰视的同时，难免被俯视，一旦回避不开，就多少会有些憋屈和尴尬。

其实，安徽还有好多风景绝佳的大山，景色并不逊于黄山、九华山。只因过于扎堆儿，罩在名山盛名之下，容易被忽略，不能闻达于江湖，感觉倒像是投错了胎。换到别的地方，可能就是另外一番景象了。

庚子年初秋，应当今黄梅戏领军人物韩再芬之邀，冒着蒙蒙细雨，前往潜山市。她有热爱家乡的浓厚情结，两年前曾带我参观过"徽班领袖""京剧鼻祖"程长庚的故居。此行的目的，是登天柱山。

天柱山主峰 黄俊英 摄

　　天柱山处潜山市西部，为大别山东延余脉。其主峰天柱峰海拔 1489.8 米，深藏万山丛中，峻拔高耸，直插云霄，势如擎天之柱。名曰天柱山，即指此形似和形胜。

　　远望天柱峰，一峰高耸，孤立擎霄，屹然独尊，峭拔如柱。峰下有峰，如石笋林立，陡如层塔，环绕拱拜。登峰环视，有奇峰，有怪石，有幽洞，有峡谷，或峰峦横空，或翠屏舒展，或空邃深幽，或蜿蜒逶迤，雄奇灵秀，别有洞天，令人目眩。难怪有人惊呼："天下有奇观，争似此山好。"

世间美景，大多是大自然的造化。中生代的地壳运动，带来强烈脆性变形与断裂，当时天柱山地区和整个大别山区一样，急剧上升隆起，高千米以上；遽然平息之后，长期风化剥蚀。一动一止，把天柱山装扮出这般模样，遂成大自然的杰作，有如凝固的艺术。

天柱形胜，贵在天然。美，其实是有好看和耐看之分的。自然天成的风景，往往相似之处甚多，如果没有人文底蕴，好比天生丽质的美女，少了内涵，即使姿容再出众，也容易造成审美疲劳，不经看、不耐看，终归还是美不起来。

一山而多名，背后一定有文章。天柱山恰恰就有好几个名字。

天柱山在春秋时，属皖伯封地，故又名"皖山"，亦称"皖公山"。安徽省的简称"皖"，出处就在这里。天柱山又名"潜山"，潜，古为簪，形"尖"也，

金色天柱山 吴东明 摄

天柱山飞来石 程斌 摄

意即该山多为尖形。旧《潜山县志》曰:"县以山名,山以潜名。"元英宗至治三年(公元1323年)析置潜山县,因境内潜山即天柱山而得名。西汉元封五年(公元前106年),汉武帝刘彻行南巡狩,登礼天柱,"号曰南岳",天柱山又添"万岁山"之名,简称"万山"。

至隋开皇九年(公元589年),文帝杨坚志在南疆，诏封湖南衡山为南岳。此前七百年间被称为"南岳"的天柱山，改称"古南岳"。

天柱山所在的潜山，临江负淮，自汉时起即为兵争重镇。隋大业三年（公元607年）首置同安郡，即为郡治，此后至南宋端平三年（公元1236年），连续六百余年，均为郡、州、府治。

山要有名气，光有景有史，恐怕不够，还得有人和文。

还好，天柱山胜景吸引历代文人雅士纷至沓来，或远眺，或登临，或结庐而居、筑亭而读，或吟诗作文、刻石勒名。李白曾求仙访道到皖西，远眺天柱峰，挥笔写下《江上望皖公山》："奇峰出奇云，秀木含秀气。清宴皖公山，巉绝称人意。"；白居易在《题天柱峰》诗中发出感叹："天柱一峰擎日月，洞门千仞锁云雷。"；王安石诗云："水无心而宛转，山有色而环围。穷幽深而不尽，坐石上以忘归。"……颂天柱山之雄奇壮丽，发流连忘返之幽情。

那天登山前，韩再芬建议，先去看三祖寺西的山谷流泉摩崖石刻。

　　三祖寺原名"山谷寺",后因禅宗三祖僧璨在此驻锡,故名"三祖寺"。寺西有山谷泉,老远就能闻见潺潺之声。泉边崖壁巉削,松萝丛覆,流水婉转清冽。300来米的河谷,东侧崖壁和河床巨石,共镌唐贞元至民国一千多年间的诗、文、题、记等各类石刻近300方。这些真书手迹,大多出自名家之手,属珍贵之作。

　　"就其山而凿之,曰摩崖。"在天然的山崖石壁上

山谷流泉"止泓"　程斌　摄

摩刻文字和造像，是中国古代的一种石刻艺术，盛行于北朝时期，此后一直连绵不断。

很早就听说，西方人到中国旅游，对摩崖石刻往往很不理解，认为破坏了大自然的风景。我过去也曾有此同感，觉得与今人在景区乱刻"到此一游"同工异曲。也有人告诉我，两者的区别在于：古人是书法，今人是涂鸦。

古人留下的摩崖石刻，大多是用心之作。镌刻者一般文字、书法、美术皆精，让艺术富于天然意趣，为自然风景增添人文气息，具有文化和历史价值，倒也无可厚非。

沿山谷拾级而上，一路看来，题刻者果然都有来头，真不是胡乱涂鸦。唐有吕渭、李翱，宋有王安石、黄庭坚，明有胡缵宗、李元阳等，真、草、隶、篆、行俱全，让人眼花缭乱，目不暇接，简直就是一座石壁上的天然书法博物馆。

听着天柱山管委会资深解说许一川先生的介绍，我们边走边看。

"止泓"——我被东侧崖壁上这两个特大的楷书字深深吸引住，半天挪不动脚步。

大字通刻65厘米×126厘米，比前后周边的字都大许多，相当醒目。字体雄厚博大，雅秀遒劲，端庄清新，沉着方正，洒脱自如。

近瞧，左侧有4行竖排小字隶书："临淮周虎为冀邸赵希衮书，宝庆丁亥闰五月既望，住山谷，祖蕢摹。"

我在"止泓"前端详良久，转身就教于许先生。

"这是南宋武状元、抗金名将周虎于1227年应邀游天柱山，住山谷寺，为宋王朝宗室子弟、时任舒州也就是安庆知府赵希衮题写的。"他说。

"'止泓'二字，一般作何解？"

"'止'，在古代被视为做人的智慧。所谓'知止不殆'，意思是一个人知道适可而止，就不危险。'泓'，清水深而广。'止泓'要表达的应该是庄子的思想：'人莫鉴于流水，而鉴于止水，唯止能止众止。受命于地，唯松柏独也在，冬夏青青；受命于天，唯舜独也正,幸能正生,以正众生。'意思是说,一个人不能在流动的水面照见自己的身影,而是要面向静止的水面,只有静止的事物才能使别的事物也静止下来。树木都受命于地,只有松柏无论冬夏都郁郁青青;每个人都受命于天,只有虞舜的道德品行最为端正。幸而他们都善于端正自己的品行,因而能端正他人的品行。"

周虎题刻"止泓"二字赠好友,算是互勉之作,有告诫,有自慰。

身处偏安一隅、风雨飘摇的南宋小朝廷,赵希衮似乎特别钟情于"止泓"二字:离任外调之前,在天柱山留下两幅以"止泓"为标记的石刻。后来在无锡、泉州等地的宦海生涯中,赵希衮始终勤于政事,关注民生,官声不菲,并常以"止泓赵希衮"为标记存留石刻,俨然将"止泓"作为修身处世的座右铭。

古人崇尚儒家兼济苍生的宏大抱负,提倡道家"适可而止"的处世修养。与潜山市相邻、同属安庆的太湖县,南宋时建有一处"止泓亭",并存诗一首:"止泓清而明，如彼秋月满。以此观我心，澄源斯近本。"这或许更接近周虎、赵希衮心中"止泓"的本意吧。

流水不定，静水则宁。不定为躁，定之则止；以止为静，借静观心。一个人只有内心安定，才可以明心见性。安静的池塘所倒映的一切事物，好像也是静止的一样，有安定清明的心态，方能包容一切。

修身如此，治国亦同理。

面对当今世界百年未有之大变局，一切循乎自然，顺其理而应之。无论社会如何震荡、世事如何变幻，坚定信心，增强定力，不畏浮云遮望眼，以静制动，不怒而威，多练内功，兼济天下，乃为政之要、立身之本。"幸能正生，以正众生"，方可达至"唯止能止众止"。

"中天一柱"的天柱山，历史上也曾几度兴衰、几度沉浮。在岁月的雨打风吹之下，如今，山还是那座山，静静地悄然兀自耸立着，不仅不为所动，而且始终巍然屹立，风貌不减，风华依然。

雾起雾去，可曾想，能不是山河依旧？其实，花开花落,既回首,依旧是万家灯火。

心中默念着"止泓",回看天柱峰,不免有望峰息心之慨。盘桓山谷泉边,仿佛照见了自己的影子,不知不觉中,真要"坐石上以忘归"了。

【原载《人民日报》(海外版)2020年11月7日第7版】

《天柱山记》微视频　　《天柱山记》音频

朗读:中央广播电视总台　曹治华

附 录

非有老笔 清壮可穷
——从《徽州八记》到《江淮八记》的人文同构
南埂

虽然与文学情缘久矣，但于文学表达恨矣；虽然与安徽情怀久矣，但于安徽叙事羞矣。直到读到斯雄先生的两本大作《徽州八记》和《江淮八记》，此恨此羞，才深有慰藉。

诚如历史学家尤瓦尔·赫拉利所说的那样，清晰的见解是一种力量，一种能量，一种精神。

斯雄先生的这两本大作，无处不露着对安徽清晰的见解，凝聚着文化的力量，澎湃着发展的能量，迸发着崛起的精神，从而深刻地表达了作者那无处不在的对安徽的挚爱和触手可及的对安徽的深情。

恐怕也正是因为如此，这两本大作中每一篇的全网阅读点击量动辄过千万，总点击量轻松过亿。在当代，在安徽，甚至在全国，一篇文学作品得到社会如此热烈响应的状况，恐怕是不多见的。揣摩原因，我想，这绝对不仅仅是抚摸了我的"此恨此羞"，更重要的还是在于两本大作"清晰的见解"。

凝聚着文化的力量
—— 叙史文化性与情怀民族性同构

《徽州八记》和《江淮八记》是游记性散文体，形散而神不散，但如果只限于此，那这两本大作就没有特异之处，充其量只是当代文化人的优雅小品而已。两本大作之所以特异，是因为笔法和意趣水乳交融，彰显叙史文化性与情怀民族性同构。

无疑，这是一种创新。

文化是冷静的历史盆景，一旦融入了民族性情怀，文化盆景便立即栩栩如生。《中都城记》《花戏楼记》《凌家滩记》都是这样的作品。

明朝开国之初，曾在安徽凤阳兴建大明中都城。作为龙兴之地，中都城设计宏阔，曾"徙江南民十四万实中都"，1369年始建，1375年罢建，原因在洪武皇帝诏书中有云："朕今所作，但求安固，不事华丽，凡雕饰奇巧，一切不用，惟朴素坚壮，可传永久，吾后世子孙，守以为法。"但中都城营造六年，实乃大明朝聚心血所致，其设计理念，从内城、外城到排水、连廊，无不是能工巧匠的智慧、科技水平的应用以及汉家文化集大成的映照。以至永乐皇帝朱棣建都北京，营造紫禁城，规划设计皆出于中都城。

汗流浃背，荒垣四野，记得斯雄先生和我一起拜谒中都城的时候，移步之地，无不感慨历史文化的时空穿梭。每每从北京长安街经过，看着朱墙黄瓦的紫禁城，不禁联想到那远在凤阳的落寞中都城。

朱元璋大有情怀于中都城："世世承运而务德，必仿佛于殷商。"《中都城记》的情怀在哪里呢？在中华民族勤奋、智慧、团结的薪火相传之中，也在凤阳经济社会的殷实发展之中。正如斯雄先生在文中描绘的那样："谁能想到，六百多年后，中都城终于赶上好时机，迈进新时代，以蒸蒸日上的崭新风貌诠释出凤阳原有的寓意：完美、吉祥、前途光明。"

文化是火热的历史熔炉，一旦融入民族情怀，文化就会迸发出强烈的道路自信。《淠史杭治水记》《"安大简"记》都是这类作品。

水是世界的灵魂，逐草而徙，逐水而居，无论是幼发拉底河和底格里斯河形成的两河文明，还是中华民族的黄河文明、长江文明，都表明人类与水是密不可分的。可以说，一部中华史，就是一部人类与水的关系史。从大禹治水到李冰父子治水以至当代治水，都在说明一个深刻的道理：善治水者，治天下。淠史杭治水，是当代治水的一个奇迹，是新中国水利工程惠及民生的一个伟大工程。

淠河、史河、杭埠河皆发源于大别山，但横跨淮河、长江两大流域。这里历史上长期水患连连，民众流离失所，生活艰难，经济发展滞后，"泥巴凳，泥巴墙，除了泥巴没家当",是这里百姓长期生活的写照。大禹娶涂氏为妻,自涂山治淮开始,中华民族一代又一代先辈在这里开始了长期的治水探索。春秋时期,楚国令尹(丞相)孙叔敖主持兴建芍陂,"决期思之水,而灌雩娄之野",开启了史河的水利治理工程。然而,长期以来,水患之害,是生活在这里的江淮儿女终日心忧的头等大事。

新中国在这里创造了治水奇迹,尊重水规律,长藤结瓜,疏而导之,变水害为水利,淠史杭巍峨兴于江淮之野,创造了人间治水史诗性工程。工程从1958年8月动工,到1972年骨干工程基本完成,历时14年,完成了近6亿立方米的土方工程,圈成1米高宽的长堤,可绕地球十圈以上。

史诗性不仅在于此,更在于民生水利的营构。淠史杭灌区是以防洪、灌溉为主,兼有水力发电、城市供水、航运和水产养殖等综合功能的特大型水利工程,受益范围涉及安徽、河南2省4市17个县(市、区),设计灌溉面积1198万亩,惠及区域人口1330万人。

史诗性在于把粮食安全责任牢牢扛在肩上，抓在手上。淠史杭灌区控制面积 1.4 万平方千米，滋润着安徽省耕地面积的 1/6，占安徽省粮食 1/4 的产量在灌区孕育发芽。工程自 1959 年开始发挥效益，累计引水 1429 亿立方米，累计灌溉 3.6 亿亩，增产粮食 440 亿千克。

史诗性还在于，新中国治水是民族的，同时也是世界的，这就是《淠史杭治水记》浇灌的民族性情怀。文化上的民族自信心，在淠史杭治水中油然而生。正如作者在文中所描绘的那样："登亭四望，心生波澜，胸中澎湃。淠史杭，一个纯粹的治水工程，驰而不息，久久为功，其事其神，世人景行。"

斯雄先生叙史的手法是宏阔的，繁笔从简，用叙史的文化性来解构历史中国，收到了意想不到的阅读效果。

文学批评家艾略特指出："一部新的作品，只有携带足够的能量，才能击穿既存秩序，占住一个属于自己的空间。"《徽州八记》和《江淮八记》两部大作，叙史文化性与情怀民族性同构，透视着文化学符号上的清晰见解，展示出迷人的文化力量。

澎湃着发展的能量
—— 叙事当代性与思想引导性同构

一个出生于湖北的文化人，在北京、香港工作多年，然后赴任安徽，潜心安徽，成了"新安徽人"，这就是斯雄先生两本大作《徽州八记》和《江淮八记》得以形成的广阔的"福斯塔夫式背景"。于是，讲好安徽故事，成了斯雄先生所孜孜以求的。在阐述个别事物与宏大历史之间的转换机制时，许多作家选择了个性与共性之间的对立统一，而斯雄先生钟情的是叙事当代性与思想引导性同构。

无疑，这又是一种创新。

叙事当代性是迷人的技巧，但若缺乏思想引导性，则叙事就成为絮叨，而一旦二者同构，叙事则会焕发出迷人的光彩。二者同构中，情节成为事关作品成败的重要关键点,《科学岛记》《量子纠缠记》都是在叙事情节量度中,折射出思想的引导,还原了一个当代名记者敏锐的观察力。

2016年8月,中国成功发射"墨子号"量子科学实验卫星,引起了世界轰动:"国际同行们正在努力追赶中国,中国现在显然是量子通信的世界领导者。"巨大成功的背后有一个科学团队,这个团队的灵魂人物就是潘建伟院士。

如何描述潘建伟和他的团队呢?斯雄先生辗转反侧。

侧笔"信陵君窃符救赵",用历史情节展示通信的巨大作用。"墨子号"量子科学实验卫星成功发射情节,成为潘建伟团队量子通信研究取得成功的另一侧笔。两个侧笔的运用,最终落笔在量子通信的关键问题密钥分发上,举重若轻。除量子通信外,量子应用的另一个巨大成功,是潘建伟团队构建了世界上首台光量子计算原型机。斯雄先生笔锋一转为正笔,描述这个团队日夜兼程,在陡峭山路上攀登,向最光辉的顶点冲锋。

虽然这个顶点只是科学研究上的一小步,但量子一小步,人类一大步。

作为世界科技前沿研究的量子学,取得了重大进展。我们也要看到,量子科学的既有研究,只是在量子科学的冰山上凿开了一个小孔而已。量子通信、量子计算、量子力学,无疑将为人类迈上新的阶梯提供足够的台阶。

潘建伟,是中国科学界的骄傲,更是合肥的骄傲,安徽的骄傲,因为他和他的团队都生活和工作在中国科学技术大学。在安徽省委的一间办公室,省委书记李锦斌告诉我们:"作为创新型城市,合肥小身板舞出了大身段,安徽要下好创新先手棋。"

在不少外乡人的整体印象中,安徽还是一个欠发达的省份,但这些外乡人并不知晓,安徽已经从一个传统的农业大省发展成为经济结构合理、经济质量优良的工业化大省,在时代的大熔炉中砥砺奋进,成为长江经济带的重要成员、长三角一体化的主力军、中部崛起的核心力量。不知不觉中,省会合肥成为全国省会城市中发展较快的一员，跻身国际性都市行列。安徽省GDP也从全国的中游团队，跃升为全国的上游团队。这些，就是《量子纠缠记》的当代背景。在这样一种背景下，考察量子科技进步，其思想引导性就落地生根了。

《量子纠缠记》的叙事当代性，深刻地解构着量子纠缠的理性：纠缠的是创新，纠缠的是发展的能量，纠缠的是中华民族崛起之动力源泉。这就是《量子纠缠记》叙事当代性与思想引导性同构的实质。

文艺理论家詹姆逊的《政治无意识》把各种文学手法诸如后结构主义、精神分析学、符号学、解释学、原型批评、叙事学融合在一起，形成了一个宏大的、解构的马克思主义的宏伟叙事。而斯雄先生大道从简，两本大作执着于一端的叙事当代性，别具一格。

叙事当代性与思想引导性同构，制度考量成为事关作品成败的重要平衡点，《构树扶贫记》《小岗村记》都是在制度考量中，折射了一个当代名记者深邃的洞察力。

向贫困宣战，是中华民族的内心话。新中国成立以来，中国人民在同贫困宣战的不平凡的七十年中，迈出了伟大的步伐。但到1978年末我国农村贫困人口还有7.7亿人，农村贫困发生率达97.5%。到2020年，解决绝对贫困和区域性整体贫困，是中国共产党对中国人民的政治承诺。今年是打赢脱贫攻坚战的收官之年，是全面建成小康社会的收官之年。脱贫攻坚目标任务接近完成，贫困人口从2012年年底的9899万人减到2019年年底的551万人，贫困发生率由10.2%降至0.6%，区域性整体贫困基本得到解决。

江淮儿女在向贫困宣战的伟大征程中，干出了不朽的业绩，如何写？从哪里入手？虽熟稔安徽，但斯雄先生仍颇费思量。

直到2019年4月，我跟斯雄先生一起到连片特困山区大别山腹地安徽霍邱县考察时，才有了结论。

这里，"化肥农药不下地，钢筋水泥不上山"的绿色减贫理念让我心有戚戚，而斯雄关注着一棵树叶里冒着白浆的树。

这里用来扶贫的构树，是中国科学院新育种出来的，其植物蛋白是玉米的2.5倍，是黄豆的1.8倍，作为奶牛的精饲料，可以替代进口的苜蓿草。扶贫的产业构树这样生长：建成构树产业链、流转贫困户土地、安排贫困户就业。一种"不材"之树，就这样突然与扶贫挂上钩，还成了大产业。

国家产业扶贫制度培育了产业模式：发展一批特色鲜明的扶贫主导产业，培育一批连贫带贫的新型经营主体，打造一支进村入户的科技帮扶队伍，构建一套保障有力的产业政策体系，形成一系列产业扶贫增收的长效机制。产业扶贫制度产生的扶贫力量是无穷的。从2015年到2019年，我国贫困县农民人均可支配收入由7692元增加到11567元，年均增长10.74%；贫困户人均纯收入由3416元增加到9808元，年均增长30.02%。

构树扶贫，是当代性，更是当代性发展，是中国脱贫攻坚不断创新的久久为功。《构树扶贫记》的叙事当代性与思想引导性同构，明写构树，实写产业扶贫制度，写出了中国共产党对中国人民的政治承诺，小处着眼，大处落笔，四两拨千斤。

文艺批评家卢卡奇在描述叙事结构时说："使典型成为典型的乃是它身上一切人和社会所不可缺少的决定因素都是在他们的最高发展水平上。"如果我们把构树理解为扶贫"人"，一种叙事的迷思效果便顿然而出，澎湃出中国经济社会发展的巨大能量，这正是斯雄先生的叙事当代性与思想引导性同构的又一实质。

迸发着崛起的精神
——文学诗性与美学地缘性同构

"为什么我的眼里常含泪水？因为我对这土地爱得深沉。"用诗人艾青的话来形容斯雄先生这个"新安徽人"，是再恰当不过的。

黑格尔说："作为一种原始的整体，史诗就是一个民族的传奇故事，每一个伟大的民族都有这样绝对原始的书，来表现全民族的原始精神。"从《徽州八记》到《江淮八记》，再到即将付梓的《皖韵八记》，文学诗性与美学地缘性同构，迸发着崛起的精神，洋溢着斯雄先生对这片土地深沉的爱。《石牌记》《大通记》《安茶续香记》《杏花村记》《宣纸记》《桃花潭记》，莫不如此。每一个描摹的对象，精神形态寓于物质形态之中，体现了崇高的史诗审美特征。

文学诗性与美学地缘性同构，无疑，这还是一种创新。

这种同构，首先在于审美价值的解构。

桃花潭有多美？美得让你透彻心骨。《桃花潭记》这样写道："青弋江自南而北，从太平湖以下西岸群山中奔流而出，至泾县万村附近，被一座石壁挡住，造就一汪清幽的深潭。潭面水光潋滟，碧波涵空……"

这里，诗仙李白留下绝句："李白乘舟将欲行，忽闻岸上踏歌声。桃花潭水深千尺，不及汪伦送我情。"如今，桃花潭畔，层岩衍曲，回湍清深，成为离愁别绪的最美寄托。

深度阅读《桃花潭记》《杏花村记》，一个诗性的江南跃然纸上，一个伟大的史诗象征被勾勒出来：人文安徽，自古亦然。文学诗性与美学地域性在这里巧夺天工的同构，凸显了人文安徽的审美价值。

其次，在于寓精神形态于物质形态之中。

宣纸是中华文明的印记，正如画家刘海粟说的那样："纸寿千年，墨韵万变。"民间传说，东汉安帝建光元年（公元121年）发明家蔡伦辞世后，他的弟子孔丹在皖南一带以造纸为业，想造出一种世上最好的纸，为师父画像修谱。一天，孔丹偶见一棵古老的青檀树倒在溪边，因终年日晒水洗，树皮腐烂变白，露出一缕缕修长洁净的纤维。孔丹取之造纸，终于造出质地绝妙的纸来，这便是宣纸。

有据可查的宣纸记载始于唐代，唐朝书画评论家张彦远《历代名画记》记载："好事家宜置宣纸百幅，用法蜡之，以备摹写。"自唐以下，宣纸担起承载中华文明记忆的职责，宣纸本身也成为中华文明的元素。

《宣纸记》全面展示了宣纸制作过程以及作为非物质形态的制作工艺。我跟斯雄先生参观宣纸工厂的时候，还刻意学习了一点捞纸工艺，却总是抓耳挠腮，不得其法。

独占中国灿烂造纸技艺鳌头的宣纸工艺，其史诗性来自地域性原料，让人匪夷所思：青檀皮、稻草、猕猴桃藤汁为原料，青檀皮浆料为长纤维，稻草浆料为短纤维，两者配合使用，形成骨骼与血肉之间相互依存的关系，这难道不是中华民族守望相助的精神勃发吗？

《宣纸记》《安茶续香记》寓精神形态于物质形态之中，产生了和谐共融，最终形成了歌德说的"和谐之美"，成为文化长河中的一道道激流，咆哮奔涌。

再次，在于审美内心的属地依恋。

"身土不二"出自《大乘经》，意思是身体和出生的土地合二为一，即在出生长大的地方产出的东西最适合自己的体质。其引申意义是一种民族精神，即忠于生于斯、长于斯的土地和国家。听着黄梅戏艺术家韩再芬用安庆官话朗诵《石牌记》，身土不二的感觉悠然而来，不能自已。

石牌口音很有特点，作为安庆人，我也不能全部听懂。少年时曾去过石牌一次，那是参加高考，对石牌的记忆很模糊，除了考点设在那所中学外，就只记得横跨城区的皖河大桥了。是斯雄先生的《石牌记》，给我补上了地缘意义上的石牌课。

清乾隆年间，石牌镇作为怀宁县的要镇，共设七大会馆，商贾云集。更重要的是，我国地方戏曲黄梅戏在这里孕育成长，所谓"梨园佳子弟，无石不成班"，因此，说石牌是中国戏曲的重要发祥地之一，恐不为过。

为什么《石牌记》令我的审美内心一击就碎？因为地缘上的接近。从石牌流淌下来的皖河之水滋润着我的求学之路，皖河自上游流经石牌镇，再到我高中念书的洪镇，再到我的家乡海口镇，从安庆西门外汇入长江干流。盛水期，皖河从洪镇到海口镇就变成波涛万顷的湖泊，一望无际；而到枯水季节，皖河就变成一条清丽的小溪，楚楚动人。从洪镇到海口镇的宽阔水面被称为八里湖，两地水上距离约为30里，为了省下5毛钱的公交车钱，一放冬假，我们就闯过八里湖沼泽，踏足冰天雪地之中，甚至不辨方向，深一脚浅一脚，回到海口镇时已是疲惫不堪。

真实，是《石牌记》的审美灵魂。美学家别林斯基把是否忠实于现实生活看作文学创作的根本美学原则，他说："在艺术中，一切不忠实于现实的东西，都是虚谎，它们所揭示的不是才能，而是庸碌无能。艺术是真实的表现，而只有现实才是至高无上的真实。一切超出现实的东西，也就是说，一切凭空虚构出来的现实，都是虚谎，都是对真实的诽谤。"

地缘上的接近性，解构了审美内心，从而延展了作品的阅读魅力，启开了"身土不二"的柔软法门。深深地植根于俄国民族现实生活的土壤中，让普希金诗作赢得了不朽的艺术魅力，因此，别林斯基称普希金为俄国第一个"现实生活的诗人"。斯雄先生在江淮大地上用一支如椽的笔，解构着这种现实主义审美内心。

是地缘上的接近性，映照着《石牌记》《大通记》审美内心的属地依恋，诠释着人文安徽"内心世界"，释放出内隐的震撼之力，成为斯雄先生两本大作的内心审美皈依，透视着对安徽彻头彻尾的挚爱，这让我大吃一惊!

掩卷《徽州八记》《江淮八记》,文学诗性与美学地缘性同构,原来,两本大作演绎的审美内心就是诗仙李白的《上阳台帖》所描述的境界:"山高水长,物象千万,非有老笔,清壮可穷。"想斯雄先生葛衣鼓琴,奔忙于江淮之野,所为何来?《皖韵八记》也!期待,期待!

【原载《安徽日报》2021年5月28日第11版,刊发时略有删节】

投注大地的深情——读《江淮八记》 常河

似乎很少有哪个省像安徽这样南北泾渭分明，皖北平原舒朗平阔，皖中一带山环水绕，皖南山区婉转清幽。身为皖北人，因为长期生活在"为皖之中"的合肥，便常去黄山，因而对皖南的新奇情有独钟，甚至对徽州的风物、人情、典故、地理能说出一点道道，也斗胆写过几篇与徽州有关的文章。

直到有一天，读到一篇题为《安茶续香记》的文章，才知道皖南祁门县有一种销声匿迹数十年后又浴火重生，并带动当地百姓致富的安茶，于是深为自己的孤陋寡闻冷汗涔涔。

偏偏此文的作者斯雄先生生在湖北，单位在北京，五年前才来安徽工作。一个外省人能对安徽的掌故如数家珍，自己生长于斯却一无所知，不免深感惭愧。如果不是自己的学识浅薄，那一定是斯雄先生目光如炬了。

这个答案在斯雄先生《江淮八记》一书的自序中可以找到。"身在安徽，因为美好，因为缘分，确实常有一种愿荐枕席的冲动和感动。"这似乎就不是用眼界来观照安徽了，更多的应该是情怀。

如果说《江淮八记》是斯雄先生自愿荐给安徽大地的"席"，那么，两年前他出版的《徽州八记》就该是柔情万种的"枕"了。

在《徽州八记》中，斯雄先生先后写了琅琊山、凌家滩、石牌镇、大通镇、小岗村、花戏楼、科学岛和渒史杭。从最早的人类活动遗存，到黄梅戏的源头，再到农村改革的发轫、科技创新的基地，每一个地方都是安徽文化的地标，合起来就是一部安徽文化和科技发展的简史。

这很难。

我一直认为,长期浸淫在记者这个行当,记录和求证的职业习惯会消磨人的艺术感触,贴着地面飞行固然是一种姿态,但受限于飞行的空间,长此以往,重实录而轻虚构,长于写而讷于说,无论如何都不能说不是一种缺憾。

但在斯雄先生的《徽州八记》和《江淮八记》中,一方面能够看到作者对事与史追索的严谨,比如《中都城记》中,作者对凤阳明中都的规制和设计、朱元璋在家乡建都又废都的原因,都进行了旁征博引,层层剥笋但又不轻易下结论,却让读者跟着他的思路会心一笑。这就是记者职业素养在文字上的纯熟和机智。而另一方面,诚如祝华新先生所言,通篇都是白描式的优美文字。在《宣纸记》中,宣纸艺人告诉作者,手工宣纸至今仍不能为机制纸替代。对此,作者说:"这些总让我想起小时候吃香瓜。老人们说,香瓜用刀切出来,不好吃;得直接用拳头砸开,口感才好——

是耶非耶？有科学道理吗？实在说不清。"我们在阅读这样的文字时，也能清晰地感受到文字的灵动和思维的跳动。

严格意义上说，《徽州八记》和《江淮八记》都属于非虚构写作。这类书写最难的是如何在"戴着镣铐"的情况下跳出非同寻常的舞姿来。比如安徽的桃花潭、杏花村、明中都，其历史的厚重和文化的风雅早被无数文人雅士一遍遍踏勘过，因此，跳出窠臼另辟蹊径就有"刀口舔血"般的危险和不得不直面的挑战。好在作者秉承了记者本色，一路书写下来如同造像，不虚美，不夸张，不故作高深，更不炫技抖机灵，更多的时候，作者像一个虔诚地行走于江淮大地的学者，用脚量，用眼观，用笔记，用脑辨，总之，用求证的态度对待眼中的风物。《宣纸记》中作者先简要回顾了纸的出现与演变，然后才把读者带到位于泾县小岭的安徽曹氏宣纸有限公司，一探宣纸制作技艺。这一路走来，文字才青翠婉转，笔底才风起云涌，让你面对一池桃花潭水，油然而生"虽谪仙往矣，然流水依然，袅娜风姿仍旖旎"的感慨。

在《杏花村记》里，作者开宗明义，对池州人言之凿凿"杏花村在池州市贵池区城西秀山门外"的说法"将信将疑"。这是记者的职业素养，也是学者该有的态度。在对史料梳理之后，作者说，"考察史料得知，天下杏花村未必只有一家"。从实地考察到史料爬梳，再到理性思考，作者最后的结论，"对杏花村而言，其商标一分为二。'酒'在山西，'玩'在安徽，算是各得其所了"。这样的理性文字，已经超越游记类文章的浮光掠影，也跳脱了新闻记者实录的桎梏，同时又不拘泥于学究穷经的迂腐。文化散文，就该有这样的底蕴和范式。

2019年，安徽大学对海外回流的一批战国竹简发布了研究成果。这是一次具有颠覆意义的研究，其中最引人注目的，是《诗经》中经典的"窈窕淑女，君子好逑"，在竹简上却写作"要翟淑女，君子好逑"。消息一出，学界哗然。笔者也在第一时间对这一研究成果进行了报道。斯雄先生在报道之外，还衍生了一篇《"安大简"记》。和其后的一篇《量子纠缠记》一样，这简直是一项不可能完成的任务。

文化散文，如何能与严谨甚至枯燥的科研共生？

更让人意外的是，这两篇一看题目就知道不容易读懂的文章，在作者笔下竟然"化"成了娓娓道来的家常话。从作者小时候喜欢吹的笛子，到作者家乡出土的"曾侯乙编钟"，再到礼乐文明与青铜器铸造技术，无须转身，就过渡到对"安大简"的阐述，笔力所至，楚风皖韵翩翩而至，义理考据辞章夹杂而行。当作者说"文物是无声的，但历史的碎片似乎总在给予一些暗示"时，你会恍然拍案：作者家乡的公安文学和作者如今工作地的桐城文学，竟然如此曼妙地融为一体。如此文章，还算不得大文化散文吗？

作者说，从《徽州八记》到《江淮八记》，表达的都是他对生活和工作四年有加的江淮大地的一片深情。

此话，我信。

我一直认为，每个人都有两个故乡：一个是出生地，就是贾平凹称为"血地"的地方，那是无论你行走多远，都永远深藏血液的地方；另一个，不妨叫作"情地"，就是驻足时间最长、投注感情最深之处。在异乡久了，异乡就成了血地之外的故乡。斯雄的《徽州八记》《江淮八记》，还有即将出版的《皖韵八记》，都是他在安徽这块"情地"上行走时流露的深情。

如果没有行走，就没有一记一记的发现和呈现；如果没有深情的行走和关注，何来这对原本陌生的土地和土地上深厚文化的动情解读？

【原载《光明日报》2021年5月1日第6版】

流淌出的锦绣文章
——《江淮八记》读后

吴雪

《江淮八记》是斯雄最新出版的一部游记散文集,分为《宣纸记》《桃花潭记》《中都城记》《安茶续香记》《杏花村记》《构树扶贫记》《"安大简"记》《量子纠缠记》8篇。作者以独特的视角,用准确凝练、富有美感的语言,穿透历史烟尘,于山川地理、民风民俗、历史遗址、自然风物、现实人文中展现安徽独具特色的人文底蕴和厚重的历史承载。

《江淮八记》是一部古为今用的佳作范本。斯雄的《徽州八记》和《江淮八记》是向柳宗元《永州八记》

的致敬之作。古之范本已载史册，今之安徽，尚待新文。作者在书中立足于宣纸、桃花潭、中都城、安茶、杏花村、构树、"安大简"、量子等安徽名片，仿照古人散文的体例，表现的却是今日安徽的新，可谓老瓶新酒，让人耳目一新。

《江淮八记》是当代安徽的时代剪影。新时代的安徽进入创新发展的快车道，如何把安徽的发展变化，特别是安徽为什么能够跨越式发展的原因和理由讲清楚，对于媒体人是一个具有挑战性的任务。斯雄另辟蹊径、举重若轻，用八记的文体，多角度、跨时空，以小见大，为我们呈现出快速发展中的新安徽。八记只是个剪影，给大家呈现一个轮廓。剪影虽简，却能抓住要害，突出特点，让人过目不忘。

《江淮八记》是一部新安徽人眼中的新安徽。作者是湖北人，来安徽工作四五年，可谓新安徽人。新人有新视角、新感受，这恰恰是"老安徽人"想做而做不到的。斯雄所写，多数是安徽人再熟悉不过的事物和地方，比如泾县宣纸、桃花潭，池州杏花村，凤阳中都城。也有大家不熟悉的人和事，比如"安大简"、安茶续香、构树扶贫、量子纠缠及潘建伟团队等。在熟悉的地方发现新意，在不熟悉的地方挖掘推广，于是，一个熟悉又不熟悉的新安徽展现在读者面前。

《江淮八记》还是融媒体传播的有益尝试。斯雄是媒体人，因此他能够站在当今媒体融合的时代，思考并实践融媒体传播的最佳方式和最佳路径。从《徽州八记》开始，他就紧紧拥抱新媒体。《江淮八记》更是尝试立体出版，配有朗读音频和相关微视频，读者在文字之外，还可通过视听方式直观感受徽风皖韵。

《江淮八记》是散文、随笔、游记，也兼有报告文学的功能，历史与现实结合，写实与抒情并重。可以说，它是一部思接古今的"安徽传"。

【作者时任安徽省文联主席，文章原载《人民日报》（海外版）2020年6月18日第7版】

"言有物"与"言有序"

韩露

清代桐城派古文家方苞提倡古文"义法",义即"言有物",法即"言有序"。《江淮八记》作者工作在安徽,走遍江淮山水,耳濡目染厚重江淮文化,潜移默化于桐城古文影响,在《江淮八记》中体现出"言有物"与"言有序"的特色。

《江淮八记》的"言有物"即"经世致用"。其《中都城记》,状写凤阳城废弃的明中都,挖掘朱元璋在故乡建都又废都的背后成因。从不疑处有疑,发前人所未发,结合朱元璋的现实处境和凤阳城的地理位置,提出自己的探究和思考,知人论世，令人眼前一亮。《构树扶贫记》和《安茶续香记》，两者皆为江淮大地脱贫致富的创举而令人欢呼雀跃。前者写霍邱县农民在科技人员帮助下变废为宝，把千百年来"不材"的构树变成"生财"的摇钱树；后者写祁门县安茶制作者为已经消失的安茶续上生命，进而续写乡村振兴的新传奇。《宣纸记》记载泾县宣纸传统工艺，浸染着书卷气和沧桑感。《量子纠缠记》描画中国科学技术大学研究团队攀登量子通信高峰，则展示出江淮大地上蓬勃的青春活力。

"言有序"，强调的是谋篇布局的条理性，即如何组织和运用材料，如何剪裁和架构文章。语言文字的有序性来源于思维感知的有序性，而思维感知的有序性又来源于世界本身的有序性。《江淮八记》的"言有序"，体现在既能信手拈来、大开大合，又能收放自如、游刃有余，时刻凸显出宽广而深厚的张力和定力。如《杏花村记》，从山西杏花村汾酒起笔，引出池州杏花村的来历，上溯到清人郎遂所编的《杏花村志》和权威工具书《辞海》，转而讨论全国杏花村地名之多，又论及《清明》一诗收入杜牧著作的时间及其著作权的归属。其行文翻转摇曳，如行走在山间道上，令人目不暇接。这种"言有序"最终服务于"言有物"："杏花村"更可能是文人墨客的"文学意象"，但这些传说至少反映了此地人们的诗意怀抱和文化底蕴，在此基础上展开文化建设甚至发展文化经济，这才是通脱之论。

　　世界上并不缺少美，而是缺少发现美的眼睛。有文化底色和历史纵深的山水人文，在江淮大地可谓俯拾即是。《桃花潭记》以桃花潭水始，以桃花潭水终，写桃花潭而不限于桃花潭，其实是以李白为主脑，穿起泾县桃花潭、当涂天门山、宣城敬亭山，把皖南山水人文民风民俗一网打尽，立体化彰显文化在自然山水中的不朽价值。在《"安大简"记》中，作者力避枯燥无味的说明文字，多角度多层次地点出"安大简"的学术价值和文化意义，并以人们熟知的其他文物加以对照，使读者对"安大简"产生切近的体验和清晰的认知。

　　安徽自古物华天宝，人杰地灵，作者所著《徽州八记》侧重于安徽的"物",《江淮八记》所写宣纸、安茶、构树、量子、中都城、杏花村、桃花潭和"安大简",看似仍在写物,但物背后的"人"每每借助于"物"而熠熠生辉,正所谓"传神写照,正在阿睹中"。

【原载《人民日报》2020年6月3日第20版】

后记

2017年初起笔至今，一晃快四年过去了。而我到安徽工作，转眼也快六年了。

时光飞逝，人不可能再抓住。回首之时，所幸还能看到一点儿时光的印记。

以"记"为文体写成的八篇文章，如果分散推送，很可能如泥牛入海。适当归置一下，用一根"线"穿起来，效果就不一样了。就好比一筐山楂放在那里并不起眼，但把它们穿起来做成糖葫芦，会让人嘴馋眼亮。于是，先后归置出《徽州八记》《江淮八记》《皖韵八记》。三部描摹安徽的"八记"出来后,再归置一下,起个总题目,索性谓之《皖美三部曲》了。

写作是个力气活儿,需要激情和冲动。《皖韵八记》的写作,仍然有点出乎我意料地快。2020年上半年赶上新冠肺炎疫情暴发,一切似乎都要停止了,正好可以闷在家里琢磨点东西。第一记《五禽戏记》其实是我早就想写的,之前已有了些积累,还专程跑过亳州好几趟。六尺巷、七仙女也是我这么多年一直关注的,稍加酝酿,便一蹴而就了。

淮南八公山,我是通过几次去寿县,才有了些感性认识。作为战国时期楚国最后一个都城,很多东西看着都很有感觉。特别是去年为写《"安大简"记》,专门去看寿县博物馆,好多东西给我以深深的震撼。但真要动笔了,并不顺手,因为到底要从哪儿着手,一直游移不定。待反复阅读《史记》中的《春申君列传》和《淮南衡山王列传》之后,才终于捋出了一点儿头绪,继而也生发出一些感悟。

巢湖并入合肥,成为合肥市的一个内湖之后,味道有了很大改观。友人推荐说巢湖有"环湖十二镇",镇镇有历史,有文化,有故事。作了一番环湖游之后,目光停留在槐林镇。仅仅靠织渔网,居然把一个传统产业复活了,做成了"中国渔网第一镇",成为全国最大的渔网生产基地,渔网远销欧洲、非洲、南美洲、北美洲、东南亚等60多个国家和地区,非常了不起。我小时候在湖边长大,对织渔网是有感情的,可惜在我老家这些传统工艺早已看不到了,不承想居然在槐林镇找到了,而且是与时俱进地机织和手工相结合。《槐林记》讲述了这个小镇如何见证新中国特别是改革开放的风雨历程,以及如何把一个传统产业发扬光大,也勾起了我不少儿时的回忆。

2020年上半年是疫情,紧接着是汛情。安徽汛情尤重,很多都创造了历史新高,而且是长江、淮河两面夹击。每当这个时候,淮河上的王家坝闸,为世人瞩目,让人牵挂。还好,2020年基本安全度汛。王家坝闸其实是淮河十九项骨干水利工程之一,基本可看作是新中国淮河治理七十年成就的一个标志和标杆。

2019年我曾去蒙洼行蓄洪区采访脱贫攻坚，2020年在汛情最严重的时候，赶赴王家坝和蒙洼行蓄洪区，亲历王家坝开闸泄洪。虽然惊心动魄，但无论庄台还是保庄圩，人心安定，人民安居乐业，让人欣慰。于是我有了写《王家坝记》的冲动。

引江济淮工程是江淮儿女千百年来的梦想，如今很快就要梦想成真了。作为国家战略和安徽省基础设施建设"一号工程"，又称江淮运河，2016年开工建设后，几次想去看一看，都未能成行。2020年夏天去看了几处在合肥的重点工程项目，确实很震撼。查看相关地方志，原来合肥有条曹操河遗址，早在一千多年前，曹操在统一中原时就曾梦想在此打通江淮。江淮运河是继京杭大运河后打造的中国第二条南北水运大通道。工程建设中的"生态优先"，连鱼、鸟的生存环境都能充分顾及，从一个侧面折射出社会的发展进步。

写天柱山，完全是"命题作文"。韩再芬女士一再邀请我去她家乡看看，帮忙做点什么。之前其实去潜山看过皖河、薛家岗遗址、程长庚故居、张恨水故居，但始终没能动笔。这次去天柱山，尤其是看了山谷流泉摩崖石刻，在一方"止泓"石刻前，忽然有所触动，浮想联翩，勾起了内心深处涌动的涟漪。《天柱山记》几乎是一气呵成，而且糅进了自己对社会、对人生的一点点感慨和感悟。

遗憾总是难免的。还有好多题材，从一开始就始终在我脑海里打转，比如宿州的灵璧石、阜阳的颍州西湖、淮北临涣的棒棒茶、蚌埠的双墩遗址、马鞍山的采石矶、池州石台的牯牛降、芜湖的老税务司大楼及英国领事馆……还有代表徽派建筑艺术的马头墙。提前收集、研读了不少资料，有的还去现场看过，拟好标题后，发呆了很久，最终还是无从下笔。好在，有点遗憾也是留点念想，毕竟来日方长。

制作《皖韵八记》的微视频，颇费周折。之前拍摄的两个"八记"的微视频，有些类似新闻报道，虽然都不错，但我始终觉得不够劲儿。3分钟的微视频，要适应当下的传播特点，不仅要传播知识，更要传递思想，把"八记"文字的能量与力量以视频的形式呈现出来。要感谢阜阳市广播电视台,在市委宣传部的关心、支持下,并邀请安徽广播电视台的李静女士亲自指导,多次沟通、反复修改,才把《王家坝记》的微视频做成一个比较满意的模板推出。后面"七记"的微视频大体按照这个风格操作制作,并得到安徽广播电视台、安徽广电传媒产业集团以及合肥、亳州、淮南、安庆等地市宣传部及市广播电视台的大力支持和协助。我特别邀请李静女士担任微视频的导演,对全部8个微视频的制作全程指导,这才保证了作品的品质能以目前这个水平呈现给大家。

保持《皖韵八记》朗读版的高水平,是我很固执地坚持的。很荣幸能再次邀请到8位播音"大咖",为拙文增色。《"七仙女"记》本来就是受韩再芬女士启发才有的激情,请她来朗读可谓一种最完美的各得其所,因为主题是围绕黄梅戏,我建议她还是用"安普"(即安庆普通话)去朗读,果然更有味道。听"大咖"们专业而深情的朗读,本身就是一种精神上的享受。

8个微视频和朗读版音频,均以二维码形式附在书中，扫码即有视听享受。

　　书后附录的四篇书评，谬赞多多，难免过誉之嫌，但对我来说，都是感动之作、激励之作。老实讲，看着这些评论，我嗫嚅不能语，生出一种虚幻的感觉：人们认为好的东西，其实不一定真是东西本身有多好，往往是被人抬得太高、评得太好，最终还得靠时间去检验——有此自知之明，今后唯有更加努力，不虚度才能不辜负。

2021 年 3 月 23 日于合肥国际花都丹若苑